Société Havraise d'Études Diverses

RAPPORT

Lu dans les Séances du 23 Juin et du 14 Juillet 1865

RAPPORT

SUR LES TRAVAUX

DE LA

SOCIÉTÉ HAVRAISE

D'ÉTUDES DIVERSES

EN 1864

PAR M. ALB. TERRIEN PONCEL

DEUXIEME EDITION. — REVUE ET ANNOTÉE

HAVRE

IMPRIMERIE LEPELLETIER

1866

AVANT-PROPOS

On ne veut point se prévaloir de cette seconde édition pour essayer de donner le change sur le peu de valeur intrinsèque de ce Rapport, et quelques explications sont nécessaires pour excuser l'honneur de la réimpression dont il est ici l'objet. Presque tous les exemplaires de la première édition sont placés en tête du *Recueil des Publications de la Société Havraise d'Études Diverses* (32me année) ; les autres, en nombre par trop restreint, ont promptement trouvé place et ont été trop vite épuisés pour le modeste emploi auquel ils étaient destinés. Telles sont les seules causes de la seconde publication de ce léger travail.

Le texte de la première édition est resté intact, sauf quelques incorrections que l'on a essayé de faire disparaître. Pour le rendre moins indigne on y a joint seulement un certain nombre de notes, soit pour éclaircir le sujet abordé dans le rapport, soit pour le compléter par quelques indications précises.

20 Décembre 1865

MESSIEURS,

Investi par vos suffrages des fonctions de rapporteur des travaux de la Société Havraise d'Études Diverses, pendant l'année 1864 que nous venons de terminer et qui forme la trente et unième de son existence, je viens aujourd'hui m'acquitter de la mission qui m'est dévolue.

Avant de commencer un travail quel qu'il soit, il est nécessaire de bien s'en rendre compte, de le comprendre dans tout son ensemble, dans son essence comme dans sa forme. C'est pourquoi j'examine attentivement l'article xxxiv de votre Réglement (1) qui vous prescrit de faire tous les ans un Rapport sur les travaux de l'année écoulée.

---

(1) Ce règlement a été, depuis, complètement remanié, par suite des formalités nécessaires pour la constitution définitive de la Société par le Ministre de l'Instruction Publique (arrêté du 19 août 1865, et pour sa reconnaissance comme Établissement d'Utilité Publique.

Le rapport annuel est, en général, d'une importance toute particulière pour les Sociétés Savantes, parce qu'il doit contenir un résumé, sinon un examen, de leurs productions. Il est essentiellement l'œuvre du rapporteur et non une œuvre collective résumée par un seul, comme le croient quelques uns. En comparant entre eux un certain nombre de travaux de ce genre, j'y remarque d'assez grandes dissemblances dans la forme et une certaine liberté d'allures accordée au rapporteur, liberté qui parait étonner au premier abord. L'étonnement se dissipe lorsqu'on pénètre au fond des choses et que l'on tient compte de la difficulté de ces fonctions. Resserrant mes limites je vais essayer de me rendre compte de cette difficulté, surtout par rapport à vous, Messieurs, et les travaux de mes prédécesseurs me serviront de leçons et d'exemples. Je crois fort utile de chercher à fixer les limites entre lesquelles il est permis au rapporteur d'agir à son gré.

Pendant toute la période qui s'est écoulée entre la fondation de votre Société et la publication du premier de vos recueils, la tâche était complètement différente de ce qu'elle est aujourd'hui. Des résumés étendus des divers travaux étaient nécessaires, et de longues citations ajoutaient encore à leur valeur. C'était, en effet, la seule trace que l'on pût suivre de mémoires importants et souvent d'un véritable prix qui abondaient à cette époque. Peu à peu, cependant, ces résumés se sont rétrécis, et par deux fois, dans celui des travaux de la 13me et de la 14me année, M. Borely passe rapidement sur deux études remarquables qui, se trouvant publiées à la suite de son travail, ne rentraient pas, disait-il, dans son cadre et ne devaient pas être examinées au même titre que les autres productions (1). Telle fut l'origine de vos recueils : les mé-

---

1 Résumé de la 13e et de la 14e année, pp. 9, 50.

moires principaux se trouvant imprimés à la suite du Résumé, le rapporteur passait rapidement et se bornait à y renvoyer le lecteur. Dès lors il se fait une évolution dans l'esprit de vos rapporteurs, évolution que nous suivons facilement. Ils ne cherchent plus qu'à vous retracer une image aussi élégante que fidèle de vos travaux (1). En effet, si les travaux de la Société reçoivent désormais toute la publicité possible, « il est évident, disait M. Ch. Michaud, votre rapporteur de la 19ᵐᵉ année, que le compte-rendu du Secrétaire doit se trouver, par cela même, réduit aux étroites limites et à la simple forme d'une énumération. » Les années suivantes, croyant obéir au vœu de votre Société, c'est à grands traits et en resserrant autant que possible leurs limites, que vos rapporteurs retracent la diversité de vos productions. Cependant, dans son rapport de 1860, M. Bailliard émettait une idée nouvelle qu'il ne s'agissait que d'étendre et d'appliquer pour la rendre féconde en résultats heureux : idée que nous allons utiliser et compléter autant qu'il sera en notre pouvoir.

Notre collègue voyait dans ce compte-rendu annuel de vos occupations un résultat utile pour votre Société. Selon lui votre réglement vous enjoint de le rédiger, afin sans doute que par la comparaison de ces résumés vous soyez avertis de la décadence ou du progrès de votre institution, et qu'émules de vous-mêmes vous soyez incités à ne pas déchoir du rang que vous aurez pu conquérir dans la sphère modeste de vos travaux d'amateurs (2).

Quelque juste que soit cette pensée, elle ne conduit encore qu'à considérer la tâche du rapporteur comme consistant uniquement à transformer un récit en un tableau et à présenter, sous forme de résumé, liées par leurs rapports

<hr>

(1) Recueil de la 19ᵉ année, p. 10.

(2) Recueil de la [illegible] année, [illegible]

analogiques, les matières exposées dans les vingt-quatre procès-verbaux de l'année. L'effort fait par votre collègue pour sortir un peu du genre adopté ajoute seulement une bonne raison à l'appui de la nécessité du rapport annuel, sans pour cela exclure toute nouveauté dans la forme. Outre ce point d'utilité signalé par M. BAILLIARD, j'y verrais la réponse à une question que vous vous posez chaque année. Le programme de la Société étant de se réunir pour étudier, a-t-il été dignement rempli pendant toutes les séances ; la Société a-t-elle justifié son titre ?

Je vous répondrais aussi avec M. CH. MICHAUD (1) que votre souci, à propos de ces travaux passés, c'est celui du laboureur pour la semence qu'il confie à la terre et qui portera bientôt son fruit. Vous aimez à méditer un instant encore devant l'œuvre dont vous vous séparez comme l'artiste devant le tableau qu'il livre au public. Voyez-le debout et pensif : il compte les progrès obtenus, ceux qu'il a à réaliser encore ; par le passé qu'il a parcouru il mesure l'étendue de son avenir.

Votre programme vous éloigne un peu, sous ce rapport, de la position d'autres Sociétés Savantes qui, ayant une spécialité scientifique, savent facilement quel est leur rôle dans le monde savant, soit par suite des discussions qui s'élèvent entre elles et d'autres Sociétés, soit au contraire par les nombreuses appréciations de leurs travaux qui, vu leur spécialité, ont nécessairement une plus grande portée et attirent forcément l'attention. Vous, Messieurs, tout au contraire, vous embrassez successivement toutes les sciences, de telle sorte que la mission de votre rapporteur est beaucoup plus difficile et plus délicate qu'elle ne le paraît.

------

(1) *Résumé analytique des travaux de la 15me, la 16me et la 17me année* — p. 2.

Combien sont nombreuses, en effet, les qualités que réclame un compte-rendu de ce genre. Il doit rappeler rapidement les idées principales de chacun des différents mémoires ; passer en revue toutes les questions qui, sans avoir donné lieu à des écrits, ont cependant été l'objet de discussions quelquefois importantes ; il doit tenir compte des rapports faits sur ces mémoires, puis enfin des nombreuses observations de détail qui souvent, pour être brèves, n'en sont pas moins dignes d'attention. Le rapporteur doit s'efforcer de faire ressortir le caractère général des travaux de l'année, en signaler les avantages et les inconvénients, les lacunes et les erreurs s'il y en a ; donner son opinion exacte et une appréciation aussi saine et aussi impartiale qu'il le pourra ; enfin essayer de compléter son travail par quelques nouvelles recherches, de telle sorte que le rapport annuel sera intéressant, non seulement pour les membres de la Société mais encore pour les étrangers auxquels il offrira le résumé aussi fidèle que possible des divers travaux des membres, et leur permettra de choisir, pour en faire l'objet d'une lecture particulière, ceux des travaux qui ont pour eux une valeur spéciale plus ou moins importante.

Je me suis efforcé de retracer les qualités d'un rapport annuel fait à votre Société ; j'ai essayé de fixer les limites qu'il ne doit pas dépasser ; j'ai cherché enfin à atteindre le vrai et le bien. Vous me direz, Messieurs, si j'ai réussi.

Jusqu'à présent j'ai complétement négligé mes devoirs de rapporteur, mais arrive maintenant le moment de commencer à les remplir. Je suis effrayé de la tâche qui m'incombe et je ne saurais l'entreprendre si je n'étais persuadé que vous m'accorderez encore l'aimable indulgence que vous m'avez témoignée jusqu'à ce jour. En cet instant surtout j'ai besoin de votre assistance, vu l'excessive disproportion entre l'œuvre et l'ouvrier.

J'ai le regret d'avoir à constater, en 1861, un peu moins de

fécondité que les années précédentes. Il semble que l'atonie générale dont notre ville est frappée depuis le commencement de
cette lutte fratricide aux Etats-Unis ait influencé de même le
mouvement ou du moins l'ardeur scientifique qui se montre au
Havre, surtout depuis quelques années. Ce moment de ralentis-
sement qui, je l'espère, n'est qu'un instant de repos pour se pré-
parer à reprendre la lutte avec de nouvelles forces, coïncidant
avec cette circonstance que l'année 1864 commence une nouvelle
série de trente années depuis la fondation de la Société Havraise,
est pour moi une occasion, trop favorable pour la laisser échapper, d'examiner avec vous quelques questions importantes relatives à sa position dans notre ville.

Quelques-uns de mes prédécesseurs se sont appliqués à étudier devant vous de semblables sujets : tel vous retraçait l'histoire de votre Société depuis sa fondation, tel autre examinait
un sujet plus général : le rôle croissant des Sociétés de provin-
ce (1), puis la décentralisation (2), la supériorité de l'esprit sur
la matière (3). L'année dernière, enfin, M. Beziers vous faisait
un élégant tableau de cet esprit de cosmopolitisme qui caractérise
les Havrais et d'où découle pour votre Société, telle qu'elle est
établie à présent, un grand avantage sur une Société savante
ayant pour objet d'études une section particulière de la science.
C'est dans cette ordre d'idées que M. L. de Mas Latrie (4).
chargé du rapport au *Comité des Sociétés Savantes des Départements,* sur vos travaux de 1860-61-62, félicitait votre Société d'être restée, depuis son origine, fidèle à l'esprit qui l'a
fondée. Il disait qu'elle semblait avoir pris pour devise ces mots

---

(1) A. Lecadre. — *Résumé de la 22me année.*

(2) E. Duboc. — *Résumé de la 23me année.*

(3) A. Mignot. — *Résumé de la 28me année.*

(4) *Revue des Sociétés Savantes.* — 3me série, t. 4, p. 213 et 214. —
Septembre-Octobre 1864.

des chansons de Pétrarque qui ont servi de programme à tant d'académies littéraires d'Italie : *Ilpiù bel fior ne coglie.* En rappelant que dans la science il faut une condition absolue, l'exactitude, il se demande pourquoi l'heureuse association du Havre changerait ses habitudes et sa vie ? Ces formes sommaires et faciles en apparence peuvent avoir pour la conservation et la propagation des connaissances générales les mêmes avantages que les discussions de la science la plus sévère.

Telle est la juste réponse à faire à ceux qui critiquent votre universalité, mais je veux attirer votre attention sur un point particulier, — le rôle et la place d'une Société Savante dans une ville de commerce. Si possible, je désire vous démontrer son utilité, en quelques mots, car ce sujet pourrait nous entraîner fort loin. Il n'a point encore été abordé par vos précédents rapporteurs et il ne sera peut être pas mauvais de rappeler le rôle de la Société Havraise dans notre grande cité commerciale.

Je ne vous parlerai pas une fois de plus des intentions qui ont présidé au développement de votre Société et je ne vous ferai pas remarquer combien est en rapport l'esprit qui vous anime avec les diverses positions que chacun de vous occupe et qui, pour le plus grand nombre, laissent à peine pour la science quelques instants dans la journée. Et c'est peut-être l'idée fausse que se font, de votre but, un certain nombre de vos collègues, que leurs graves occupations absorbent continuellement, qui est la cause des regrets qu'il me faut exprimer, sur la trop fréquente absence de quelques-uns d'entre eux et le silence de quelques autres. Bien convaincu comme je le suis, que les occupations littéraires et scientifiques sont loin d'être incompatibles avec les diverses professions de chacun de vous, j'espère que votre Société reprendra bientôt toute l'activité qui avait signalé ses premières années.

La science, telle que vous la comprenez, Messieurs, n'est nullement en désaccord avec l'esprit des affaires, il doit régner entre elles une cordiale entente. Un certain nombre d'hommes d'affaires se plaisent, au contraire, dans les études diverses et ils y trouvent des distractions, d'abord du pénible labeur, qui est leur partage ordinaire, puis ils goûtent un peu ce que sont les jouissances de l'intelligence et peuvent apprécier ainsi, avec connaissance de cause, la supériorité de l'esprit sur la matière. Leur nombre ne peut que s'augmenter, pour bien des motifs, et nous espérons pouvoir constater bientôt une proportion croissante dans la part qu'ils prennent à votre Société, car « Si les préoccupations industrielles et commerciales sont importantes, elles n'ont cependant pas le droit d'annuler et l'âme et l'intelligence, car les unes sont la vie matérielle, tandis que les autres expriment la vie morale et intellectuelle sans laquelle l'individu tomberait au-dessous de la brute. » (1) Un autre sentiment les anime, c'est celui des sérieux avantages que leur réunion procure à la ville qu'ils habitent. A côté des avantages qu'ils y trouvent eux-mêmes, des éléments qu'ils peuvent y puiser pour de nouvelles affaires, ils ont la conviction de contribuer à la propagation de la science et à élever ainsi le niveau des intelligences. Pour le prouver immédiatement, je n'ai qu'à constater qu'il n'y a plus lieu aujourd'hui à rechercher les causes de l'indifférence des Havrais en matière d'instruction, ainsi que M. BALTAZARD s'était vu contraint de le faire vers 1846 (2).

---

(1) RISPAL. — *Résumé de la 26me année*, p. 21 et 22.

(1) Voyez le Mémoire intitulé : « *Des causes de l'indifférence des Havrais en matière d'instruction, des moyens de le faire cesser et de répandre des notions exactes sur les points principaux qui intéressent le commerce du Havre. —* » Imprimé à la suite du *Résumé de la 13me et de la 14me année.*

Le goût des études s'est répandu au Havre, (1) et nous pouvons dire que c'est à partir du moment où vous avez cessé de vous renfermer exclusivement en vous-mêmes pour faire participer le public à vos travaux. D'abord ce fut la publication des Recueils, puis enfin l'établissement de Cours Publics qui sont aujourd'hui régulièrement suivis et dont les professeurs ont droit à tous nos remerciements.

Me voici arrivé à vous entretenir de vos rapports avec le public : c'est par là que je vais commencer mon travail annuel. Le premier élément d'une mise en rapport dans les sciences est la publication d'une œuvre quelconque, aussi vous entretiendrai-je en premier lieu des vôtres. Des empêchements prolongés ont retardé jusqu'à la fin de 1864 l'impression de votre Recueil des travaux de l'année 1863, ce qui vous force à reculer d'une année la publication d'un nouveau volume et à réunir en un seul les travaux de 1864 et 1865. Des mesures sont prises pour pouvoir publier ce volume dès le commencement de l'année prochaine. Le peu de temps qui s'est écoulé depuis l'impression du Recueil de 1863 ne permet pas encore de juger dans quelles conditions il sera reçu par tous. Nul doute qu'il n'obtienne un accueil aussi favorable que ses devanciers, bien que le nombre des travaux importants qu'il contient soit assez restreint pour vous faire espérer que celui qui suivra sera mieux garni ; plusieurs des travaux dont je dois vous entretenir sont de sérieuses garanties de ce pronostic.

---

(1) On ne saurait trop [...] l'influence que peuvent exercer sur le pays les associations [...] dans le but de se communiquer leurs [...] [illegible] [...]

Le volume de 1863 n'ayant été publié qu'en Novembre, il a été possible d'y insérer le procès-verbal de votre séance publique qui eut lieu le 10 Juillet. Vous y avez à peu près tous assisté, aussi n'ai-je pas besoin de vous en rappeler les faits saillants. Cette séance officielle avait un but sérieux : vous vouliez décerner en public les prix accordés aux lauréats des trois concours que vous aviez établis pour l'année 1864. Le succès a dépassé vos espérances et vous encourage à faire de nouveaux sacrifices pour exciter ainsi l'émulation parmi vos concitoyens, en les appelant à concourir avec les travailleurs des autres villes.

Après un pétillant discours de M. MAIRE, discours dans lequel, comme dans une lunette magique, l'auteur traite de la guerre, de la peine de mort, de l'homœopathie et de vingt autres choses sur lesquelles il se prononce avec une aimable franchise, lecture fut donnée des trois rapports : de M. RISPAL sur le concours scien-tifique, de M. MILLET ST-PIERRE sur le concours littéraire en prose, puis de M. FROGIER sur le concours de poésie. Ils ont été publiés depuis trop longtemps pour qu'il soit possible de m'étendre sur leur contenu. Le concours scientifique a parfaitement réussi puisqu'il comptait cinq concurrents, parmi lesquels deux se trouvant *ex-æquo* ont partagé le prix de 400 fr. (1)

____

(1) N° 1. M. Gustave de Coninck, pour l'invention d'un *grenier-aéra-teur-pelleteur*; N° 2. M. Amédée Aupaix, pour la construction d'un appareil appliqué aux forges et destiné à insuffler de l'air chaud.

Voy. le *Rapport fait au nom de la Commission chargée de l'examen du Concours scientifique*, par M. A. Rispal. pp. 19 — 22 du *Recueil des publications de la Société* de 1864.

Notre ville est assez largement dotée sous le rapport du nombre des inventeurs. Ainsi, dans cette même année 1864, la Société Havraise fut invitée à donner son avis sur trois inventions : un loch électrique de M. Aufonso, directeur de la station télégraphique; un bateau sous-marin de M. Conseil; enfin de M. Rustique Rosay, une machine à rotation immédiate utilisant la propriété expansive de la vapeur d'eau.

Vous n'avez donc qu'à vous en applaudir puisque vous aurez certainement contribué à doter votre ville de deux découvertes utiles. Par contre, le concours pour la composition littéraire en prose n'a point réussi : peut-être la cause en était-elle dans la rédaction du programme ; elle a été heureusement changée pour le concours de 1866. Puis vient par ordre le concours de poésie pour lequel vous étiez loin de vous attendre à un tel succès, car dix-sept concurrents sont entrés dans la lice. C'est avec bonheur que nous le constatons, parce qu'il nous prouve une fois de plus et avec éclat que la langue des dieux est cultivée dans notre pays par un assez grand nombre d'amateurs.

Il me faut maintenant vous entretenir de vos *Cours publics* qui servent principalement à la propagation des connaissances utiles. Et comme il est à désirer que leur succès soit constaté par ceux qui n'ont pu les entendre, il convient que votre rapporteur vous rappelle quel fut l'objet même des cours de cette année.

La tâche du rapporteur se trouve scindée puisque les cours se trouvent commencés une année et ne sont terminés que l'année suivante. C'est ainsi que je me trouve devoir vous entretenir encore du *Cours du Droit Économique* de M. Aldrick CAUMONT, (1)

1 M. Ald. Caumont appartient à cette nouvelle école de philosophie du droit, école qui comprend enfin combien doit être large la part de l'élément spirituel dans les questions d'économie politique. C'est une réaction nécessaire et salutaire tout à la fois, contre les tendances exagérées dans le sens opposé des dernières écoles. Un de ses plus remarquables représentants est très certainement M. Antonin Rondelet, professeur de Philosophie à la Faculté des Lettres de Clermont-Ferrand, et auteur des ouvrages suivants que l'on ne peut trop recommander : Du Spiritualisme en Économie politique (ouvrage couronné par l'Académie des Sciences morales) — Mémoires d'Antoine. — Notions populaires de Morale et d'Économie politique, ouvrage couronné par l'Académie Française — La m... de la Richesse — Paris, Didier.

bien que mon prédécesseur vous en ait parlé assez longuement. Mais depuis lors le professeur a publié, sous forme de brochure, le discours de clôture de ce même cours. Suivant une habitude louable et surtout fort utile que nous désirons voir adoptée par les autres professeurs, il a résumé, en une leçon, tout l'objet de son cours *La moralité dans le Droit.* (1) Je voudrais pouvoir résumer ces quelques pages mais elles sont tellement nourries qu'une analyse en est impossible.

En 1864 M. LENNIER avait choisi pour objet de son cours en neuf leçons l'*Histoire de la Terre et des Etres qui ont habité sa surface avant la création de l'homme.* Des excursions adroitement entremêlées aux leçons permettent de vérifier sur place les explications du professeur. Cet ingénieux système fait comprendre beaucoup mieux aux auditeurs, et la preuve en est dans le grand nombre d'élèves que votre collègue a su s'attirer. D'un autre côté MM. RISPAL et DEROME ont achevé les enseignements qu'ils avaient commencés : M. RISPAL les *Mathématiques élémentaires* et la *Cosmographie* : M. DEROME la *Botanique.* Je suis heureux d'avoir à constater leurs succès toujours croissants qui ne peuvent que les encourager à faire de nouveaux efforts pour continuer les Cours que vous leur demanderez encore.

Déjà les professeurs ont repris leurs chaires respectives et recommencent leurs leçons; quelques changements ont eu lieu dans leurs plans. Ainsi M. DEROME commence cette année un cours complet de *Physiologie végétale.* Les douze leçons n'étant pas suffisantes pour embrasser ce sujet dans toute son étendue, il l'a divisé en deux parties. Cette année il traite spécialement *de l'anatomie et de la physiologie des organes de la vie,* réser-

____

(1) *Discours de clôture du cours de Droit Economique ou Moralité dans le Droit.* — in-8°, Paris, Durand-Guillaumin, 1864.

vant l'examen *des organes de reproduction* pour une session ultérieure.

M. CAUMONT, pour son *Cours de droit maritime* suit un navire dans toutes les phases de son existence en examinant dans cet ordre le système de la législation ; M. RISPAL enseigne cette année les Eléments de la géométrie ; M. LENNIER a repris également des conférences paléontologiques. Je dois aussi mentionner, et c'est avec un très grand plaisir, que les vœux de la Société Havraise, de faire professer un cours de Littérature, ont été en partie exaucés. M. LEBLNARD a fait quatre leçons sur Corneille. Mais ici j'usurpe les droits de mon successeur, et malgré mon désir de constater le succès du professeur je suis forcé de m'arrêter ici.

L'actif et diligent ministre qui est aujourd'hui à la tête du département de l'instruction publique se préoccupe beaucoup de la vulgarisation des sciences, et c'est dans ce but qu'il favorise tout particulièrement les Sociétés Savantes des départements. Venu l'été dernier passer quelques jours dans notre ville, S. Exc. M. Duruy s'est vivement intéressé à la Société Havraise, ainsi que vous avez pu en juger par la correspondance qu'il eut avec votre Président. Ayant exprimé le désir d'avoir quelques renseignements, M. MAIRE s'empressa de les lui fournir, appuyant tout particulièrement sur un fait important dans les annales de votre Société, et que vous me permettrez de vous rappeler.

En 1847, votre compagnie s'occupa des causes de dépérissement du collège du Havre. MM. BALTAZARD, MAIRE, MILLET-St-PIERRE, LEVALT, BORELY et DEVAIRELLE, membres d'une Commission nommée pour rechercher ces causes, dressèrent un plan général d'Etudes commerciales et industrielles. Ces Etudes devaient durer quatre années et comprenaient : la grammaire latine, les langues française et étrangères vivantes, des exercices de composition, la rhétorique, le dessin, des notions de droit civil et d'économie politique. Ce plan, approuvé par M. le Recteur Desmichels, fut adressé au ministre.

Ces faits ont été exposés à Son Excellence le ministre de l'Instruction publique par une lettre dans laquelle on suggère l'idée de la création d'un diplôme de bachelier pour ces études spéciales. Votre Président demandait en même temps dans cette lettre que la Société Havraise d'Etudes diverses fût déclarée d'utilité publique.

La réponse favorable qui y fut faite vous permet d'espérer, Messieurs, que dans un avenir assez rapproché, vous serez l'objet de cette flatteuse distinction et que la Société Havraise jouira bientôt des prérogatives attachées au titre d'Etablissement d'utilité publique. La promesse de M. Duruy sera certainement remplie. (1)

Là ne se sont pas bornés les rapports que vous avez eus avec le Ministre, car au mois d'Avril précédent il vous avait accordé une subvention de 300 fr. Vers la fin de l'année vous parvenait de son ministère une circulaire au sujet des bibliothèques des écoles primaires. Ayant des volumes à leur envoyer, Son Exc. voulait les distribuer en tenant compte des besoins des localités, et à cet effet il demandait aux Sociétés Savantes de le renseigner sur ce point. Il lui fut répondu par une commission formée de MM. MILLET-ST-PIERRE, BEZIERS et RISPAL, que vous aviez délégués dans ce but. Puis enfin à la dernière séance de l'année, votre Président vous donnait lecture d'une nouvelle missive par laquelle S. Exc. M. Duruy autorisait les *Cours publics* dont les professeurs avaient soumis le programme

---

(1) Son Exc. a déjà pris un arrêté pour continuer définitivement la Société Havraise. Voy. plus haut p. 2, n. 1

pour se conformer aux nouvelles instructions, bien que depuis plusieurs années vous ayez établi au Havre des Cours qui n'avaient pas eu besoin de pareilles formalités pour être professés.

Abordons maintenant l'examen des diverses productions, et sans chercher à établir une classification qui pourrait nous être difficile, rangeons-les simplement en deux catégories, celle des Lettres et celle des Sciences.

Commençons par la Poésie, à laquelle nous consacrons le premier rang, comme à la plus belle forme des œuvres littéraires. Si l'éclat, la popularité manquent souvent aux livres consacrés à son culte, n'en accusons que le public, qui a perdu depuis longtemps son enthousiasme pour les poètes, et semble passer au dernier degré d'indifférence. On pourrait cependant se demander à qui la faute ? (1) Sont-ce les lecteurs qui manquent à la poésie, ou la poésie aux lecteurs ? Est-ce aux poètes à se plaindre de leur temps, ou bien à notre temps à se plaindre de ses poètes ? La vérité est peut-être entrevue des deux côtés. S'il est vrai que notre temps, avec ses préoccupations, n'est pas favorable à la poésie, ne peut-on pas d'ailleurs accuser les poètes de ne rien faire pour le comprendre et en être compris ? Ils évitent de se commettre avec les idées et les choses contemporaines. Ils tournent et retournent dans un cercle de formes vieillies et de traditions épuisées. La brutalité souveraine des faits les effraie ; les problèmes du jour et du lendemain les font reculer, et leur poésie n'est plus alors que dans la forme, la coupe élégante, la fine ciselure des vers, souvent au service de rêves évanouis et de modes impérissantes.

____

(1) Voyez les ex[illegible]ents remarq[illegible] de M. V[illegible] Revue Littéraire [illegible] Paris [illegible] 187[illegible]

C'est la prose qui tient évidemment le sceptre en ce moment : les sciences naturelles, morales et historiques absorbent complétement l'attention. Mais la poésie n'est pas morte ; il suffit de peu de chose pour la réveiller, et l'apparition de quelque grand poète ramènera sur elle la faveur publique. Les vers ne manquent point, leur forme est désormais harmonieuse et assouplie, mais il y faut renfermer des idées et des sentiments qui trouvent un écho dans toutes les âmes. Le nombre et la variété des œuvres poétiques prouvent que la foi et la bonne volonté ne font pas défaut à ses adorateurs.

Tel est, autant que nous en pouvons juger, l'état de la poésie généralement en France. Tandis qu'elle est partout en défaveur depuis quelques années, dans notre ville, au contraire, nous constatons avec plaisir une sorte de recrudescence.

Je vous ai déjà rappelé que votre concours de poésie avait compté dix-sept concurrents dont le plus grand nombre a dû, il est vrai, être retranché pour vice de forme. Une telle abondance est-elle bonne ? Pouvons-nous en augurer bien pour l'avenir ? Oui, dirons-nous, et la complète liberté accordée par votre programme, laissant le poète maître de son inspiration, il vous a été présenté plusieurs morceaux remarquables que vous avez été heureux de pouvoir apprécier à leur juste valeur. Les résultats du concours ont été publiés et vous vous rappelez que c'est un morceau d'un de nos concitoyens, M. G. Nicole, qui a obtenu la médaille d'or.

Je vous entretiendrai maintenant des poésies émanant du sein même de la Société Havraise, et en tête il me faut placer celles qui ont déjà reçu la publicité ou en partie.

Ainsi, dans la séance publique il a été donné lecture par l'auteur, M. Alphonse Dousseau, d'un conte badin, imité d'une fable scandinave, intitulée : *Pomone et Topino*. Cette pièce, qui a égayé le nombreux auditoire, a été publiée dans votre dernier volume.

Mais auparavant avaient été lues et depuis publiées également deux charmantes poésies de M. Victor FLEURY, le poëte élégant que vous êtes heureux de compter dans vos rangs. Ce sont : *La Croix du chemin*, où l'auteur a employé la licence, devenue assez fréquente, de changer la césure des vers de dix syllabes ; puis une courte pièce en alexandrins adressée *A une jeune fille à son entrée dans le monde*. Vous y avez tous reconnu le talent que votre collègue a toujours montré et dont il vous a encore donné des preuves dans une autre poésie communiquée plus tard. C'est une imitation du poëte allemand Louis Tieck sur *Le Printemps*. Il faut lire ce morceau fort original sur un sujet bien usé et devenu banal ; sa forme attire véritablement l'attention.

M. Cassien FROGER, ce jeune poëte mathématicien, vous a donné un charmant souvenir breton qu'il a intitulé : *Yvonne*. C'est l'histoire *d'une gente fille* des campagnes qui ne put résister aux tentations du monde et y succomba.

M. FORT MEU vous a donné *La petite Fleur*, charmante élégie dans laquelle l'auteur retrace un des nombreux souvenirs laissés par une petite fille chérie que la mort lui a enlevée dès ses premiers ans.

Je gardais pour la fin une une satire *sur la Chicane*, de M. BEZIERS, votre spirituel collègue, dans laquelle les gens de loi et de justice sont traités à la façon de Molière. Des abus que l'auteur dit avoir vus de près sont percés de traits acérés et atteints par les mordantes saillies qui remplissent cet amusant morceau.

Enfin pour terminer avec la poésie, M. Alfred DE MARTONNE, membre correspondant à Paris, vous a adressé un recueil de fables intitulé *Ysopet*, sur lequel vous avez entendu un court rapport dont vous m'aviez chargé.

Passer de la poésie à la prose fantaisiste n'est pas chose difficile ; la transition est peu brusque, surtout quand il s'agit de prose comme celle de la *Causerie* de M. MAIRE. C'est dans la séance du 25 Novembre que votre président vous a lu cette causerie humoristique et spirituelle, en ce genre mi-sérieux qui permet de dire bien des vérités, d'émettre bien des opinions qui ne pourraient être traduites d'une autre manière.

Ars longa, vita brevis, tel est l'axiome qu'Hippocrate inscrivait en tête de ses aphorismes, et que l'auteur a choisi comme épigraphe. La science est vaste, immense, elle s'accroît et s'augmente, et la vie ne suit pas la même progression, elle reste stationnaire. Nous ne vivons pas aujourd'hui beaucoup plus longtemps que lorqu'Hippocrate trouvait déjà la science médicale trop vaste pour une seule vie. Les immenses acquisitions faites depuis le père de la médecine ont nécessité de nombreuses divisions dans l'étude, et le domaine de l'art de guérir s'accroissant chaque jour. on entrevoit d'autres spécialisations, de nouveaux fractionnements des divisions établies aujourd'hui.

Que faire en présence de telles richesses, d'un bagage scientifique aussi immense ? Les erreurs que nous ont léguées les siècles passés sont considérables à côté d'un certain nombre de vérités. Les maladies sont les mêmes aujourd'hui qu'autrefois, et cependant quelle vaste quantité de systèmes ne voyonsnous pas paraître chaque année, chaque jour pour ainsi dire ! Que faire donc en présence de cette masse d'in-8° qui pleuvent sur nos têtes et qui pourraient pour la plupart être reduits à quelques pages ? Ceux qui veulent posséder une certaine dose de science, qui désirent connaître exactement l'étendue des connaissances humaines sur un point quelconque, la médecine par exemple, sont donc forcés de lire un nombre incalculable d'ouvrages publiés le plus souvent par spéculation. (car c'est là malheureusement aujourd'hui, à peu près le seul mobile des auteurs et des éditeurs). Qu'arrive-t-il alors ? c'est que la vie se passe sans qu'il ait été possible à ce chercheur de savoir ce qu'il désirait : tous les anciens et tous les modernes n'ayant pu être connus de lui.

M. Maire voudrait éviter ces indigestions littéraires, et il cherche, à cet effet, un moyen d'apprendre promptement. D'abord, pourquoi lire les anciens puisque nous avons à peine le temps de lire les modernes qui leur ont pris ce qu'ils ont de bon ? Pourquoi perdre un temps précieux dans d'inutiles travaux ? Quelle peut être l'utilité du latin, du grec que l'on fait apprendre aux enfants pendant de si longues années ? Les auteurs anciens ne sont pas consultés plus souvent pour cela dans la langue qu'ils écrivaient.

« Je vais, ajoute M. Maire, dire quelque chose de profane,
» mais pour moi les livres anciens devraient être abandonnés
» aux archéologues, car le dilemme est forcé. Ou les livres
» modernes ont puisé ce qu'il y avait de bon chez les anciens,
» et je n'ai pas besoin de lire ceux-ci pour l'apprendre ; ou
» ils ne l'ont pas fait, et le temps me manquera pour faire moi-
» même ce triage. »

Arrivé à ce point de distinction entre les livres anciens et les livres modernes, l'auteur fait remarquer qu'il est un autre livre toujours vieux et toujours neuf, et qui est souvent le plus négligé : c'est le livre de la nature, le moins sujet à l'erreur cependant, car c'est Dieu lui même qui l'a écrit.

Après tout c'est encore moins le temps qui nous manque que la manière de l'employer. Pourquoi consacrer de si longues heures à prouver de nouveau ce qui l'était avant nous, ou à discuter des questions oiseuses ? *Cui bono?*

Après avoir posé ces prémisses, M. Maire modifie un peu l'aphorisme d'Hippocrate et dit : « La vie est d'autant plus
» courte que nous en savons moins bien disposer, et la science

» d'autant plus longue qu'elle est trop souvent mêlée à des
» inutilités. »

Pour remédier à tous les inconvénients qu'il a ainsi énumérés,
l'auteur propose ce moyen : que les académies fissent aux
frais de l'Etat des abrégés contenant les opinions des anciens,
les opinions des modernes et l'opinion de l'Académie. En de
hors de ces livres il ne manquerait pas de s'en produire d'autres, ne fût-ce que pour contredire les premiers ; mais au
moins on pourrait se mettre rapidement au courant des questions sans être obligé de compulser de nombreux volumes.

Vous aurez peine à reconnaître, Messieurs, dans cette esquisse
rapide, pâle et décolorée, le ton gai et enjoué, l'animation et
surtout l'*humour* qui règnent depuis la première phrase jusqu'à
la dernière de la causerie de votre savant président. J'ai tenu
particulièrement à exposer les idées, les conseils qu'elle contient, parce qu'un certain nombre de lecteurs qui, n'ayant pas
le temps de lire le volume, parcourront ce rapport, seront sûre-
ment frappés du résultat qui découle de cette sorte de délibéra-
tion ; bien que, sur un point surtout, de sérieux motifs puissent
soutenir une opinion opposée à celle de l'auteur : l'utilité plus
ou moins grande de l'étude des langues anciennes dans les écoles. (1) Ceux d'entre vous qui, sur ce point comme sur quelques autres peut-être, ne partagent pas les mêmes idées que M.
MAIRE, ont été malgré cela obligés de rendre hommage à l'exposition vive et quelque peu satirique de ces véritables plaies de
notre époque.

Votre bienveillance suppléera, je l'espère, à mon insuffisan-

____

(1) Dans une semblable querelle entre les anciens et les modernes
l'expérience a prononcé en faveur des anciens, et l'on pourrait au besoin en appeler à la *Causerie* de M. Maire, pour prouver la profonde
justesse de ce jugement ; les études complètes de grec et de latin donnant incontestablement une véritable supériorité d'idées et de style.

ce, et ces quelques mots vous rappelleront combien vous avez été heureux et fiers tout à la fois d'applaudir ce travail, ne regrettant qu'une chose, c'est qu'il fût si court.

Il faut penser, cependant, en faisant cette restriction, que le but de l'auteur dans cet écrit est de nous épargner du temps, de trouver un moyen pour rendre notre vie plus longue en diminuant le nombre d'heures que nous perdons, ou, si cela n'est pas entièrement possible, au moins de les employer aussi utilement que faire se pourra.

C'est à ce but que tend dans tout son ensemble une invention d'un de vos plus laborieux collègues. N'est-ce pas, en effet, du temps complétement perdu que celui que nous passons à traduire laborieusement nos pensées dans un idiôme que nous ne connaissons pas, pour nous faire comprendre de l'étranger auquel nous nous adressons. Pénétré de ce grave inconvénient, M. Aldrick CAUMONT, dans les séances des 12 août et 9 décembre, vous a lu un travail d'introduction à une œuvre immense, véritable entreprise de bénédictin, capable d'occuper pendant de longues années un grand nombre de travailleurs. Je veux parler d'un Mémoire sur la linguistique, servant d'introduction à un dictionnaire raisonné en huit langues de toutes les idées les plus vraies et les plus progressives du savoir humain. L'auteur pense avoir trouvé la langue universelle, ainsi que le prouve le titre exact de son œuvre que nous reproduisons ici parce qu'il explique parfaitement le but de l'auteur et le système qu'il a inventé : « *La langue universelle de l'Humanité*
» *ou Télégraphie parlée*, par le nombre agissant, réduisant à
» l'unité tous les idiômes du globe, compris instantanément d'un
» pôle à l'autre et à toute distance, au moyen du *Dictionnaire*
» de 30,000 phrases, en huit langues, numérique, concordant,
» méthodique et raisonné de toutes les idées les plus utiles, les
» plus pratiques, les plus progressives dans le monde physique,

» le monde intellectuel et le monde moral, et notamment sur les
» points suivants : commerce, navigation, chemin de fer et télé-
» graphie électrique, précédé d'un grammataire numérique et
» alphabétique et d'un dictionnaire de mots. »

Pour vous mettre à même de bien comprendre le système an-
noncé par ce titre prolixe, l'auteur vous a soumis dix tableaux
renfermant deux cents phrases traduites en huit langues. Ce
nombre peut être augmenté indéfiniment, mais pour rendre son
système pratique et facile, il s'est arrêté à ce nombre d'idiômes ;
ce sont : le français, l'anglais, l'allemand, l'italien, l'espagnol,
le latin, le grec et l'hébreu.

« Dans le dictionnaire dont il vient d'être parlé, et qui doit
renfermer en 30,000 phrases la fleur de l'esprit humain, les
traductions en différentes langues d'une même idée sont ran-
gées horizontalement et les traductions en une même langue
des différentes idées le sont verticalement. Au commencement
de chaque colonne horizontale, est un numéro d'ordre servant
d'équivalent à l'idée traduite dans une langue quelconque. Si
l'anglais A veut correspondre avec l'espagnol B, il cherche
d'abord dans la colonne verticale affectée à l'anglais la phrase
qu'il veut transmettre. Quand il l'a trouvée, il regarde au
commencement de la colonne horizontale dont elle fait partie
le chiffre équivalent, et transmet ce chiffre à B, qui posses-
seur d'un semblable dictionnaire trouve dans la même colonne
horizontale, mais dans une autre colonne verticale l'expression
espagnole de l'idée. Et réciproquement. » (1)

Telle que cette invention, Messieurs, se trouve à présent,

---

1 J'emprunte l'exposition contenue dans ce paragraphe à un article
de M. Jules Bailliard, dans le *Courrier du Havre* du 8 mai 1865, article
que reproduisait le *Journal de Rouen* dans son numéro du lendemain.
Le travail de M. Caumont, sauf les tableaux, avait été publié par l'*Echo
des Provinces* dans son numéro du 7 du même mois.

elle ne peut être jugée impartialement et avec toute l'attention
qu'elle mérite ; elle a besoin d'être complétée par les spéci-
mens du grammataire et du dictionnaire qui doivent précéder
cet immense travail. C'est la réponse faite aux nombreuses et
graves objections que beaucoup d'entre vous ont adressées à
l'auteur. Je lègue à mes successeurs le soin de vous en entretenir
plus longuement, lorsque M. CAUMONT l'aura complétée devant vous. En attendant je ne puis que rendre hommage à la
ferme conviction, à la persévérance et au courage inébranlable
de l'auteur, qui veut mettre à jour une œuvre aussi importante.

Vous avez écouté avec attention la lecture que je vous ai
faite, dans la séance du 23 septembre, de la traduction d'une
leçon de linguistique du savant Max Müller. C'est la première
lecture de la seconde série (1) de leçons que l'auteur a professées

---

(1) La première série, qui se composait de neuf leçons, a été promptement vendue à plusieurs éditions, et lorsque paraissait à Londres la
1re, il s'en publiait à Paris une traduction française : il s'en préparait
une en italien, et dès le commencement de 1863 il en paraissait à
Leipzick une en Allemand. En 1862 l'Académie des Inscriptions et Bel-
les-Lettres lui avait décerné le prix Volney. Voici les titres anglais et
Français.

Lectures on the Science of Language, delivered at the Royal Institution
of Great Britain in april, may et june 1861, by Max. Muller, M. A., correspondant de l'Institut de France, Professor in the University of Oxford
etc., etc, 4th édition. - London. — Longman. 1861 in 8° pp. II, 402 — 12 sh.

La Science du Langage, cours professé à l'Institution Royal de la Grande-Bretagne etc..... traduit de l'anglais, sur la quatrième édition etc..
par M. Georges Harris et M. Georges Perrot. -- Paris, Durand 1864
in-8° pp. XXX, 439 -- 8 Fr.

La seconde série a paru sous le titre suivant :

Lectures on the Science of Language, delivered at the royal Institution
of great Britain in February. March. April. et May, 1863. Second series,
12 lectures. With thirty one woodcuts. London, Longman, 1864 — 18 sh.

M. Max Müller ne fait pas de *Lectures* à Londres cette année, étant

à Londres, au *Royal Institute.* (1) en 1863. J'avais écrit à ce savant professeur pour lui demander l'autorisation de traduire en français cette œuvre importante. En attendant qu'il me répondit, j'avais commencé à travailler, et la première leçon était traduite lorsque me parvint sa réponse. Elle m'informait que M. Perrot, le traducteur de la première partie, s'était depuis longtemps mis à l'œuvre, avant même que l'ouvrage fût livré au public. (2)

C'était donc seulement une quarantaine de pages de traduction que je vous soumettais, et j'ai été amplement récompensé du travail qu'elles m'ont coûté par la faveur avec laquelle vous les avez accueillies.

Vous n'ignorez pas, Messieurs, que Max Müller est un des plus grands philologues de notre temps, bien qu'un des plus jeunes. (3) L'Angleterre en est orgueilleuse à juste titre, bien

très occupé de la publication des deux derniers volumes de son édition du Rig-Veda (un des livres sacrés des Indiens). Cette édition est un des plus beaux monuments qu'ait élevés l'Orientalisme moderne.

1) L'institution Royale de Londres est un de ces établissements privés, si nombreux en Angleterre, où une réunion de savants, d'hommes du monde, de grands seigneurs associés entre eux pour l'avancement des sciences, consacrent des sommes considérables au travail particulier des professeurs et à l'enseignement à la fois élevé et élémentaire donné dans les *lectures* ou cours du soir. L'auditoire *distingué* qui assiste le vendredi à ces leçons dans le grand amphithéâtre de l'Institution y est entretenu d'une manière régulière de tous les progrès importants de la science, par les hommes les plus éminents de l'Angleterre et souvent aussi par des savants étrangers, qui reçoivent alors la plus noble hospitalité. — M. Henri Sainte-Claire Deville. -- Introduction à l'*Histoire d'une Chandelle* par M. Faraday. Trad. W. Hughes Paris 1865 in-18. p. 4.

2 Cette traduction est annoncée pour paraître prochainement chez Bethune en 2 vol. in-8°.

3 Fils du poëte Allemand Guillaume Müller, il est né à Dessau en 1823.

qu'il soit allemand de naissance. L'Allemagne considère cet homme éminent comme prêté à l'Angleterre, et elle ne cesse d'être fière de lui et de l'honorer comme une de ses gloires. (1)

La leçon que je vous ai lue était une sorte d'introduction à la seconde série de ses lectures et ne renfermait, par conséquent aucune des lois fondamentales du langage ; aucun des principes actuels de la linguistique ne s'y trouvait exposé. Par contre, l'auteur prouvait l'existence de la science du langage et montrait, par quelques exemples, combien est vaste l'avenir qui lui est réservé, mais aussi combien sont grandes les difficultés qu'il faut surmonter pour arriver à doter la science d'une notion exacte. (2)

---

(1) Cet éminent orientaliste est doué d'une riche imagination que tempèrent de solides et profondes connaissances en langues orientales. Aussi ses deux volumes ont-ils produit en Europe une certaine sensation et ils doivent être rangés parmi les quelques ouvrages fondamentaux que doit posséder celui qui s'occupe de linguistique. Quelques écarts d'une imagination qui s'éloigne peut-être un peu trop dans de rares passages des limites de la science vraie, quelques aperçus un peu trop systématiques joints au peu d'étendue accordée à certains côtés de la science, puis dans le second volume surtout une part trop large accordée à la mythologie comparée au sujet de laquelle les savants sont, croyons-nous, loin de s'entendre, tels sont les faibles motifs qui empêchent de considérer les deux volumes du savant professeur d'Oxford comme formant un traité méthodique de la Science. Il est permis de faire ces quelques remarques sur une œuvre aussi importante d'autant plus que la cause d'en reconnait facilement; on s'aperçoit en effet en maints endroits que ces pages ont été écrites pour être publiées en *Lectures*.

(2) Pour épuiser la liste des différents points qui ont trait au langage et dont il a été question à la *Société Havraise* en 1861, j'aurais dû rappeler que M. A. Marie a cité l'étymologie du mot *budget*. Ce mot, disait-il, vient des Anglais qui l'ont pris aux Normands sous la forme de *Bougette*.

Ayant fait quelques recherches à son égard, nous pouvons essayer de retracer brièvement l'intéressante histoire de ce mot, celle que

M. Beziers vous a lu un *Résumé de l'Histoire de la Littérature en France sous le premier Empire*, résumé qui avait été destiné à servir d'introduction à une *Histoire de la Littérature sous la restauration*.

Dans ce mémoire, écrit avec une grande facilité et que je voudrais pouvoir reproduire ici, l'auteur, que vous veniez de féliciter à la suite de la lecture de sa satire sur la *Chicane*, montre que l'Empire fut une époque de stagnation intellectuelle, et comme preuve il cite la réponse de deux hommes célèbres interrogés sur ce point : « Que pensez-vous ? » demandait-on à Sieyès. — « Je ne pense pas » répondit-il ; et le général Lafayette au-

---

C'est sous le consulat qu'il fut employé pour la première fois en France avec son acception actuelle. Le premier rapport officiel qui le porte est de 1814. Il n'en faut pas déduire que financièrement parlant, on ne faisait pas de budget dans notre pays avant cette époque, car la première idée d'établir une balance régulière entre les dépenses et les recettes présumées de l'Etat, était venue à François Ier. Cette idée ne fut réalisée qu'en 1681 par Colbert qui organisa les *Etats de prévoyance*.

Le mot *budget* signifie par lui-même *sacoche, petit sac en cuir*. C'est par euphémisme que, vers la fin du siècle dernier, les anglais l'employèrent pour signifier la *bourse du roi* : parce que c'est dans un sac en cuir qu'on apporte au Parlement d'Angleterre les pièces relatives aux recettes et aux dépenses.

Voyons maintenant son étymologie. En ancien anglais il avait les formes de *bougett, bogette*, légère transformation du français *bougette* qui est encore inscrit dans quelques vocabulaires. Ce dernier terme est le diminutif régulier de *bouge*, sac en cuir, et l'on peut suivre toutes ses transformations jusqu'au mot latin *bulga* qui, suivant les auteurs latins eux-mêmes, a été emprunté par les Romains aux Gaulois. Il se trouve, en effet, sous différentes formes dans les idiômes celtiques modernes, et ses équivalents existent dans la grande majorité des langues aryennes. Par les comparaisons en voit aisément qu'il se rattache à une immense famille de mots dont on peut reconnaître la souche dans un groupe de racines qui renferme l'idée générale de *couvrir, présenter une convexité en couvrant, garantir, protéger, aimer,* etc.......... Ce n'est pas ici le lieu de nous étendre davantage sur ce point.

quel on avait adressé cette question : « Qu'avez-vous fait de
vos opinions pendant ce temps ? » répliquait aussitôt « Je
suis resté debout. » Et il y avait là quelque mérite.

N'ayant pas le travail de M. BÉZIERS sous les yeux, je
ne puis le suivre d'aussi près que je le désirerais, et c'est
grâce au procès-verbal de M. BAILLIARD qu'il m'est possible de vous en donner un aperçu. Je cite textuellement.

Suivant l'auteur, « L'œuvre capitale de cette période, *Les*
» *Martyrs,* offre moins d'intérêt qu'un simple récit du mar-
» tyrologe et est beaucoup moins touchante. Il n'a de l'épopée
» que le merveilleux. Les seuls écrivains indépendants furent,
» avec Châteaubriand, Delille, Ducis et Madame de Staël, qui
» fut invitée à voyager hors des frontières. Les autres subi-
» rent l'ascendant de l'Empereur. Frayssinous lui même fut
» obligé de faire l'Eloge de Napoléon, ce qui n'empêcha pas
» l'abolition des Conférences de St-Sulpice. De tous les écri-
» vains soumis, c'est M. de Fontanes qui joua le plus grand
» rôle. Il avait deviné l'avenir de Napoléon, et cette habileté
» lui valut de devenir Président du Corps Législatif et
» Grand-Maître de l'Université. Les lettres ne furent, du
» reste, alors qu'une distraction ; la société était sensualiste.
» Maine de Biran s'éleva jusqu'à l'idéalisme, mais il était ré-
» servé à Royer Collard de ruiner le matérialisme, dans son
» cours professé de 1811 à 1813. Ce cours, d'abord histori-
» que, puis dogmatique, n'attira pas la foule mais un auditoire
» d'élite dans lequel se trouvaient Jouffroy et Cousin.

Après la lecture de ce travail, M. MILLET ST-PIERRE fit remarquer que le poëme des Martyrs s'y trouvait un peu maltrai-
té, avouant toutefois que Châteaubriand, en se proposant d'é-
tablir, au point de vue poétique, la supériorité des sujets chré-
tiens sur les sujets paiens, n'a pas réussi, car le contraire res-
sort de son ouvrage.

Quant à nous, sans nous prononcer dans le débat et sans chercher à faire l'éloge ou la critique de Châteaubriand, nous ne
ferons observer qu'une chose, c'est qu'il est devenu pour ainsi
dire à la mode de diminuer la gloire de Châteaubriand, grâce à
plusieurs ouvrages récents, émanant des plus grands noms de la
critique française de notre époque. Il se produira évidemment un
mouvement dans la direction opposée, car si l'on a été parfois
trop enthousiaste pour l'auteur du *Génie du Christianisme*, ce
n'est pas un motif pour ne pas lui accorder à présent le rang
auquel il a droit.

Ne quittons pas l'histoire sans nous souvenir de la communication de M. Dousseau sur *Alesia*. C'était le 14 octobre et votre honorable collègue, arrivant de voyage, vous communiquait
les réflexions qu'il avait eu l'occasion de faire à Alise-Ste-
Reine. Pour lui c'est bien l'emplacement d'*Alesia*, ainsi que
le reconnaît la commission officielle de la carte des Gaules. Pour
mieux vous pénétrer de son intime conviction, M. Dousseau
vous a donné la topographie d'Alise-Ste-Reine qu'il a rappro-
chée des explications données par César. Quoiqu'il en soit, les
opinions sont toujours partagées, la discussion est loin d'être
close et les partisans d'Alaise et d'Alise augmentent chaque jour
dans la même proportion. On peut presque dire que dans ce
moment ce sont les partisans d'Alaise qui ont l'avantage, bien
qu'ils aient contre eux une opinion officielle. (1)

Puisque nous parlons géographie, je vous rappellerai que le
même collègue a augmenté considérablement les indications que

---

(1) Cette opinion officielle paraît sur le point de se modifier elle même dans un avenir assez rapproché et de s'incliner devant les résultats
de fouilles récentes. Ce détail m'est fourni par un savant fort engagé
dans la lutte.

renfermait la carte de France qu'il vous a offerte et qui a place dans la salle de vos séances. Les améliorations que l'auteur y a apportées en font pour ainsi dire un nouveau travail.

J'ai à vous entretenir maintenant d'une question appartenant à un ordre tout différent d'idées : c'est la question des Devoirs de l'homme envers les animaux, question assez controversée en raison même des difficultés que rencontre sa solution précise. Elle a été soulevée parmi vous en deux fois et à deux points de vue différents.

La première fois, le 8 janvier, c'était au sujet d'un ouvrage intitulé. *De la nécessité de protéger les animaux utiles*, qui vous avait été adressé par l'auteur, M. W. Gloger, de Berlin. Dans son rapport sur ce volume, M. Leudet faisait ressortir tout particulièrement l'exemple des services rendus par les taupes et les musaraignes qu'il faut par conséquent protéger.

La seconde fois c'est M. Marie qui entama la discussion dans la séance du 9 septembre. Votre collègue, se rendant à l'Hôtel-de-Ville, fut vivement impressionné à la vue d'un cheval superbe qu'un homme frappait à coups redoublés, avec un brutal plaisir, (1) sans avoir de motifs suffisants pour agir ainsi. Arrivé près de vous, M. Marie s'empressa de vous faire part du triste spectacle qu'il avait eu sous les yeux et vous fit remarquer la parfaite insuffisance de la loi de Grammont dans sa rédaction actuelle. « Elle devrait, disait-il, être complétée par quelques nouvelles mesures. » MM. Granson et Lancre se joignirent à lui pour demander l'emploi, à la place du fouet en fléau, de cravaches recourbées dont

____

1 Dans le onzième chapitre du second livre de ses essais, Montaigne observe avec justesse que « Les naturels sanguinaires à l'endroit des bestes témoignent une propension naturelle à la cruauté.

l'usage, bien préférable, est adopté en Angleterre. M. Marie vous fit aussi remarquer, en faveur de cette demande, que
l'abrutissement des animaux est la conséquence de la dure
servitude qu'on leur fait endurer ; comme preuve il vous rap-
pela que les chevaux algériens sont beaucoup plus intelligents
que les nôtres, parce qu'ils ne sont pas soumis aux mêmes
traitements.

Il serait bon d'examiner nous-même ici la question pendant
quelques instants, et ce n'est pas trop nous écarter que de chercher les causes qui nous font agir ainsi envers les animaux et nous
rapprocheraient sous ce rapport des mœurs antiques de l'Orient.
Les pays de la lumière sont encore la terre classique de la
charité pour les animaux, et les littératures primitives sont
pleines de la sympathie des hommes anciens à leur égard.
C'est que ceux-ci leur rendaient de grands services ; aussi les
poètes les mettent-ils continuellement en scène, ainsi que nous
le voyons dans le Ramayana et le Shah Nameh. Le nom d'a-
nimal que nous leur donnons prouve que nos ancêtres considé-
raient les rapports de l'homme avec eux comme une sorte
d'alliance.

Avons-nous des devoirs envers les animaux ? Telle est la
première question qu'il se faut poser. La réponse dépend des
facultés que nous leur reconnaissons, de la distance que nous
mettons entre eux et nous, comme des rapports que nous
croyons voir entre leur origine et la nôtre, entre leur destinée et la nôtre. Comment, à l'opposé de l'Orient, les animaux furent-ils dans notre Occident toujours voués à la souffrance, et enfin comment la question se présente-t-elle aujour-
d'hui devant nous ?

Dès l'antiquité la plus reculée on avait nettement remarqué
que l'homme se dirige par l'intelligence et les animaux par l'instinct ; de sorte que l'impulsion n'est pas la même dans un cas

que dans l'autre. Les livres saints l'expliquent à chaque instant,
et c'est comme être vivant que l'animal dut être respecté par le
juste. Ce dogme antique fut soutenu par Aristote, (1) et les
Stoïciens dont les opinions à ce sujet furent professées par Cicé-
ron, et à une époque plus récente Plutarque donna les animaux
comme modèle aux hommes (2). Malgré cela il fallait une grande
délicatesse pour trouver un motif suffisant de pitié envers les animaux, et la démonstration des scolastiques, qui est la seule vraie
en psychologie et que l'on a trop oubliée malheureusement, n'était
pas faite pour modifier les coutumes sous ce rapport. Ils démon-
traient, en effet, que les animaux n'ont que des idées sensibles
tandis que l'homme a des idées sensibles et des idées intellec-

(1) Pour lui, l'intelligence des animaux est la même que celle de
l'homme, au degré près. Il pouvait d'autant moins méconnaître leur
âme que le fond de sa doctrine psychologique c'est la pluralité des
âmes : âme végétative ou nutritive, âme sensitive, âme intelligente et
raisonnable ; il n'est donc pas difficile de donner aux êtres animés tantôt plus, tantôt moins. — Voy. son *Histoire des animaux* liv. VIII.
P. Flourens. *Psychologie comparée* p. 15 Paris 1865 in-18 2e édit. —
Brisbarre. *Revue des Cours littéraires* (1re année), p. 757.

(2) Plutarque. *OEuvres morales.* Trad. Ricard. Paris 1876, 5 vol. in-12
— Voy. le traité intitulé : *De l'amour des pères et des mères pour leurs
enfants.* — T. II p. 177. — Voy. les dialogues : *Les animaux de terre ont-
ils plus d'adresse que ceux de mer* — T. IV. p. 520-538. — *Que les animaux
ont l'usage de la raison* — T. IV. p. 545.

Dans ces différents passages, Plutarque prétend que certains animaux connaissent les lois de l'optique et savent l'arithmétique, qu'ils
ont l'usage de la raison et nous donnent des leçons de morale, car ils
n'ont que des passions naturelles, et que l'on peut opposer leur sobriété à
l'intempérance des hommes. Il soutient aussi qu'ils ont les mœurs so-
ciales, que leur âme est plus vertueuse que celle des hommes, que
leurs femelles ont plus de courage que les femmes, et qu'on peut re-
ever le courage [illegible] devant [illegible]
des animaux.

tuelles. C'est Montaigne (1) qui a commencé les déraisonne-
ments modernes en ne reconnaissant qu'une différence de degré
dans l'intelligence de l'homme qu'il fait partager aux animaux.
Si elle eût été acceptée et propagée, cette thèse eût pu conduire
à adopter quelques mesures préservatrices, mais il n'en fut rien
jusqu'à Descartes, qui trancha nettement la question en procla-
mant le pur automatisme des bêtes. (2) Plus tard Mallebranche
a émis des opinions identiques. (3) Le xviiie siècle, en faisant
justice de cet automatisme, a remis le problème en question, et
les philosophes, de même que certains psychologues, ont reconnu aux animaux la parole et les autres facultés de l'âme (4)

---

1) *Essais.* — L. II, ch. XI et XII.

(2 *Discours de la méthode* Edition des œuvres de *Descartes,* par M.
Cousin, t. I, p. 180. Leibnitz a professé des idées tout opposées, car il
a écrit : « Je crois que les bêtes ont des âmes imperissables. » (Vid.
Opera philosophica, p. 205.

3 L'idée de réduire les animaux à un pur mécanisme avait été pro-
fessée dès 1554 par un médecin espagnol *Gorney Pereira* dans un ouvrage assez étrange publié à Medina del Campo sous ce titre *Antoniana
Margarita. Opus physicis, medicisse theologis non minus utile quam neces-
sarium.* — Vid. *Dict. des Sciences philosophiques.* — Art. *Instinct.*

4 Il est vrai que l'animal produit, ainsi que l'homme, des sons distincts et invariables ; mais il y a entre eux une différence du tout au
tout ; tandis que l'animal n'émet en quelque sorte que des cris, l'homme a pu donner à cette faculté un développement bien plus riche et
plus étendu. L'articulation paraît le caractère essentiel du langage humain, caractère qui résulte peut-être du port dressé de l'homme qui lui
permet de percevoir facilement et complètement les sons, tandis que
les animaux sont courbées vers la terre :

> *Pronaque cum spectent animalia cætera terram,*
> *Os homini sublime dedit cælumque tueri,*
> *Jussit et erectos ad sidera tollere vultus.*
>
> (Ovid. *Metam.* I, 84 .

Ceci est la différence physique, mais la plus importante est la diffé-

qui avaient toujours été considérées comme le seul apanage de
l'homme. Enfin on a repris les idées de Montaigne. De là grand-
des plaidories pour les animaux qui ont des droits ; par conséquent nous avons des devoirs envers eux comme ils en ont envers
nous. Il faudra bien qu'on revienne de ces idées étranges, car l'a-
lalie sera toujours la distinction réelle entre l'homme et les
animaux. (1) Aujourd'hui, pour motiver notre conduite à leur

---

rence morale que l'on peut énoncer en quelques mots : c'est que l'homme possède la faculté de généralisation, ce dont les animaux sont complétement dépourvus. Que l'on y réfléchisse car c'est là presque tout
le langage qui est le résultat direct de l'activité de l'âme.

On pourra consulter avec fruit sur ce sujet un ouvrage récent de M.
Albert Lemoine : *De la physionomie et de la parole* (Paris 1865 in-18) ch.
x. *Du langage des bêtes.* p. 204 et sq.

Comme il est nécessaire de bien s'entendre et de se faire une idée
précise sur ces questions délicates, nous citons ici dans ce but
l'opinion de M. Brisbarre. Dans un cours assez soigneusement éla-
boré, et fait à l'association Polytechnique sur *l'âme des bêtes*, il est arrivé aux conclusions suivantes qui nous semblent fort justes : « Je crois
et je voudrais, (parce qu'elle me semble vraie) vous avoir inculqué cette
croyance, qu'il y a chez les animaux en général un principe différent du
corps et du principe de la vie organique, principe de quelques sensations
sourdes et obscures chez les espèces inférieures, et, chez les espèces
supérieures, plus voisines de l'homme et mieux servies par leur organi-
sation, principe de sensations très nettes et très vives, et aussi de per-
ceptions, de souvenirs, d'associations d'idées qui présentent quelquefois les apparences du jugement et du raisonnement ; âme par conséquent, mais âme réduite aux instincts, aux sensations, aux fonctions
empiriques de l'intelligence, incapable de s'élever à la conception des
vérités générales et abstraites ; en d'autres termes âme irrationnelle.
Revue des cours littéraires. 1864. p. 733.

M. V. Rendu a publié, il y a quelques années, un volume plein
d'observations intéressantes qu'il est utile de lire : *De l'Intelligence des
Bêtes.* Paris, 1860. in-18

1 En pensant à la ressemblance que les organes de certains animaux
présentent avec ceux de l'homme, on ne s'étonnera plus de voir quelques oiseaux tels que les perroquets et les corbeaux ... qui d'ailleur

égard, nous n'invoquons que la communauté de la faculté de sentir que nous nous reconnaissons avec les animaux et qui nous oblige vis-à-vis d'eux à certains égards. (1) Ceci n'est pas encore suffisant pour faire passer ces idées dans nos mœurs ; il est d'autres motifs qui nous paraissent avoir un certain poids

atteignent aux limites de la durée de la vie humaine) les étourneaux, les pies, être en état de prononcer, d'une manière à peu près parfaite, des paroles humaines. Mais parmi les autres animaux, le singe même, quelque effrayante ressemblance qu'il ait d'ailleurs avec nous, n'est pas en état de contrefaire la voix humaine, malgré toute son adresse à imiter nos gestes. On pourrait supposer que les espèces de singes qui apprennent à marcher droit seraient aussi en état de prononcer les voyelles, les linguales et les dentales, en admettant que la saillie de leurs dents les empêchât de rendre les articulations labiales. Mais nous n'avons jamais entendu dire qu'aucun d'eux ait jamais essayé de parler. — Jacob Grimm, *De l'origine du langage*, pp. 18,19 (Paris 1859 in-8° trad. Wegmann.)

Les Appollonius de Thyane, les Mélampe, les *Tiresias*, les *Thalès*, etc., qui s'imaginaient comprendre le langage des bêtes n'existent pas seulement dans l'antiquité. N'avons-nous pas, presque de notre temps, Dubartas, Gamon, Bettini, Pasquier, Bechstein, etc., qui ont essayé de transcrire les chants de quelques oiseaux, et enfin Dupont de Nemours, qui nous a donné la traduction des *Chansons du rossignol*, un *Dictionnaire des corbeaux* et autres rêveries ? M. Pierquin de Gembloux a publié en 1843 son *Idiomologie des animaux* (Paris in-8°) (dans des idées à peu près semblables), ouvrage qu'il est curieux de consulter, à cause de la singularité du sujet et aussi à cause de la méthode de l'auteur.

1) *Essais* liv. II ch. XI et XII. Dans ce dernier chapitre, Montaigne soutient successivement, que les animaux ont une intelligence admirable et sont susceptibles d'un attachement plus constant que le nôtre et de choix dans leurs affections ; qu'ils sont plus excellents que nous et qu'ils nous surpassent en beaucoup de choses, principalement en leurs diverses qualités ; enfin qu'ils conçoivent des abstractions et s'entendent entre eux au moyen du langage.

Il ne faut pas nous dissimuler que plusieurs de ces observations de Montaigne, ainsi que de celles de Plutarque citées plus haut, ne sont pas aussi dénuées de bon sens et de raison qu'elles le paraissent au premier abord, et qu'elles ont une nuance de vérité.

et que les penseurs prendront certainement en considération, ils nous sont fournis par l'esthétique.

La mission de l'homme sur la terre est d'arriver au beau et au bien, conséquemment de contribuer de toutes ses forces à l'avancement de tout ce qui l'entoure vers ce but suprême. D'un autre côté, l'animal, de même que tous les autres êtres de la nature, n'est pas destiné à souffrir par le seul fait de son existence. La souffrance n'est pas implicitement exprimée dans son être, elle n'est pas une des conditions nécessaires à sa vie. Lorsqu'il la supporte, c'est qu'il lui a été impossible de s'y soustraire, ainsi que le prouvent ses efforts pour y échapper. Donc la souffrance n'est pas chez lui la réalisation du beau. Partant, l'obligation pour l'homme de ne pas le faire souffrir, et non seulement de ne pas le contrarier dans le complet achèvement de son existence, mais encore de l'aider à y parvenir, car une des expressions et une des conditions du beau est le complet achèvement d'une mission donnée. De ceci il ne faut pas conclure que l'homme doit se sacrifier pour les animaux ; bien loin de là, l'homme étant dans la nature plus beau à lui seul que tous les animaux réunis (comme être vivant, il est évidemment leur supérieur ainsi que le prouve son intelligence), ses intérêts sont donc plus importants que les leurs ; aussi lui faut-il supprimer certains animaux qui lui seraient nuisibles, de même que ceux qui lui sont nécessaires pour sa nourriture, mais en même temps chercher à concilier ses droits avec les égards qu'il leur doit. D'ailleurs il y va de son intérêt, car les animaux qui n'ont pas été en butte à ses mauvais traitements sont beaucoup plus propres à lui rendre service. Proclamons-le encore une fois en terminant cette digression : l'homme n'a pas de devoirs à rendre aux animaux, mais il doit avoir pour eux certains ménagements. [1]

Une des questions les plus graves de notre temps, en ce qu'elle touche à ce que notre âme cache le plus profondément, les mystères de la vie suprà-terrestre et les rapports qui la relient intimement au corps, a été agitée plusieurs fois parmi vous pendant le cours de cette année. Je veux parler du Magnétisme animal et du Spiritisme. (1) C'est le propre de ces ques-

------

animaux, inséré dans le Grand Dictionnaire Encyclopédique du xixe siècle, publié par M. P. Larousse. On y verra l'opinion d'une femme de talent, Mme la comtesse d'Agoult, plus connue sous le nom de Daniel Stern, et celle d'un homme fort connu, à cause de ses idées peu communes, M. P. J. Proudhon, mort récemment.

(1) C'est un étrange spectacle que cette confusion d'idées qui nous est offerte par notre époque ; spectacle qui ne sied guère au siècle que l'on aime à appeler le *siècle des lumières et du progrès*. Ne voyons-nous pas le *spiritisme* d'une part, et la *foi en la magie* d'autre part, qui se ravivent en ces jours, non moins ardente ni moins fantasque qu'au seizième et au dix-septième siècle.

Après tant de choses dites et écrites contre la folie, l'ignorance et la superstition des siècles passés, nous voyons un nombre considérable d'hommes qui croient pouvoir évoquer à leur gré les âmes des morts, les esprits, et recevoir d'eux des enseignements qui doivent, disent-ils, rétablir sur de nouvelles bases le monde et la société. Nous voici revenus à la nécromancie, au dogme fatal de la transmigration des âmes, ce fruit de toute la philosophie païenne, cette barrière infranchissable pour tous les peuples que le Christianisme n'a pas régénérés. Nous entendons les esprits, leurs révélations, leurs concerts, et on nous prêche, comme la seule bonne et véritable, la vieille croyance superstitieuse aux esprits, lutins, fées, gnomes, sorcières et sorcellerie, au sortilège et à la magie. Il ne faut pas se méprendre sur l'importance de tous ces faits, et on ne saurait les étudier trop sérieusement quand on voit leur pernicieuse influence. Il en résultera un mal profond, et, ainsi que l'a justement remarqué M. Agénor de Gasparin, (*Des Tables tournantes, du Surnaturel et des Esprits,* (Paris 1855. 2 vol. in-12. t. ii p. 352) la civilisation aura fait un pas en arrière ; des superstitions mauvaises auront repris possession de beaucoup d'âmes : les préventions, les passions, toutes les lies d'un cœur ignorant et corrompu auront été remuées ; la dissension se sera introduite dans les familles et la corruption des

tions obscures de jeter un grand trouble dans nos âmes, qui

---

intelligences et des cœurs se sera étendue de plus en plus ; enfin ce
n'est pas en vain que le monde aura de nouveau été rempli du bruit
de ces doctrines perverses. Et à part même ces doctrines, comment
dire l'étendue du mal qui s'opère. Les âmes hantées par les visions du
surnaturel apocryphe se troublent et s'affaiblissent, perdent leur lumière et leur énergie. Au milieu des cent mille évocations, des cent mille
révélations qui éclatent chaque jour autour d'eux, les croyants aux esprits se corrompent moralement, deviennent fous ou malades; car toutes les fois que nos facultés intellectuelles s'altèrent et se déconcertent,
toutes les fois qu'un trouble profond règne dans notre entendement et
notre volonté, les fonctions vitales s'altèrent aussi, et produisent les
plus singuliers phénomènes ; le désordre de l'âme se reproduit dans
le corps en s'exagérant, en s'y fixant, pour ainsi dire, et en rendant
ainsi le retour à la raison impossible. (J. B. Tissandier. *Des Sciences
Occultes et du Spiritisme* (Paris 1866. in-18 p. 52 — Voy. encore A. de
Gasparin. O. C. t. II p. 520 et 521. Aussi nous parle-t-on de toutes
parts d'affections nerveuses qui ont éclaté, de convulsions, d'aliénations
mentales, de suicides. C'est par milliers et surtout parmi les médiums
que se produisent les cas de perturbation intellectuelle ou même d'im-
bécillité et les actes de désespoir.

Celui qui voudra chercher sérieusement et sans parti pris les déter-
minants immédiats de cet état de choses si affligeant, ne pourra se dissimuler que le rôle principal appartient aux tendances matérialistes de
notre société. En général ces tendances peuvent tenir à deux causes
fort différentes, ou à l'abaissement des mœurs, ou à l'envahissement
des esprits par les sciences physiques et naturelles. C'est à cette dernière cause que l'on peut attribuer (Tissandier. O. C. p. 61 le matérialisme contemporain dont on se plaint amèrement. Quoiqu'il en soit de
ces causes, quand la foi aux choses invisibles et infinies se perd, quand
s'affaiblit l'empire de la philosophie sur les âmes, cette foi est bientôt
remplacée par la superstition, par la croyance à un certain merveilleux
qui atteste que l'homme est un être essentiellement religieux, comme
l'affirmait Aristote. M. Ernest Bersot fait observer avec juste raison
qu'il y a en nous un fonds inconnu de nous mêmes (Voy. *Mesmer et
le magnétisme animal*. Paris 1864 in-18 3e édit. p. 278, quelque chose
de naïf, de spontané, qui a créé des merveilles aux premiers âges et en
crée encore, quoique avec moins de force, qu'il y a dans l'homme deux
hommes, l'un réfléchi et libre, qui se sait et se gouverne, l'autre qui
s'ignore et va d'instinct, et qu'il arrive d'ordinaire que le premier en

n'aiment point à être contrariées dans quelques unes de leurs théories favorites. La pluralité des existences de l'âme, la réalité des rapports continuels entre nous, habitant la terre, et des esprits qui sont en dehors de notre milieu, soit que leur degré de perfection ne soit point à notre hauteur, soit au contraire qu'elles aient dépassé notre niveau, des communications entre nos âmes pendant la vie, à quelque distance que nous soyons les uns des autres, le grand rôle que jouerait dans les affaires de ce monde cette force occulte que l'on ne peut nommer, renverseraient tellement toutes nos croyances ordinaires que nous ne pouvons n'être pas troublés par le seul fait de leur mise en question. Tout ce qui touche à notre vie ultra-terrestre est tellement hypothétique dans le monde des faits tangibles que l'on ne peut, en un instant, accepter sans réserve une immense série de preuves, quelque certaines qu'elles paraissent.

-----

considérant les opérations du second, les regarde comme étrangères et les attribue à toutes les puissances de l'univers, plutôt que de s'y reconnaître. C'est le mérite de notre siècle de nous avoir révélé cet inconnu que nous portons en nous, d'avoir restitué à son action mystérieuse cette multitude d'effets dans lesquels on voyait auparavant des merveilles ou des supercheries ; de nous avoir découvert que nous agissons souvent sans vouloir, que nous pouvons plus que nous ne croyons, et que personne ne nous trompe autant que nous nous trompons nous mêmes. Non, le merveilleux n'est pas au-dessus de nos têtes ; il est dans les profondeurs de la nature humaine, qui recèle, comme les profondeurs de l'Océan, les trésors et les monstres. C'est de là que sortent les fantômes qui égarent l'esprit des malheureux abandonnés à leurs vaines pensées; c'est de là aussi que sortent les sublimes visions. Lorsqu'une grande idée, lorsqu'un grand sentiment s'empare d'une créature, lorsque, possédant tout l'intérieur, cette idée se projette au dehors et éclate à ses yeux, elle en fait une Jeanne d'Arc, un Pascal, ces admirables visionnaires, ces âmes de feu. C'est là qu'il faut chercher la principale source de la magie ancienne et moderne et du spiritisme de nos jours.

Le magnétisme animal compte parmi vous, Messieurs, des défenseurs sérieux dont l'opinion, basée sur des expériences personnelles, comporte un grand degré de sécurité. Mais pourquoi faut-il que dans cette question les témoignages, quelle que soit leur importance, quelle que soit la valeur morale de ceux qui les fournissent, soient immédiatement invalidés, dans une certaine mesure s'entend, par la nature même de la question qu'ils traitent. C'est pourquoi il n'y a point à s'étonner du *statu quo* où gît la solution de ces problèmes auxquels un siècle d'expériences suivies n'a pu rien changer.

Ceux d'entre vous qui faisaient partie de la Société, en 1834, se souviennent des deux savants mémoires, pour et contre, que MM. LAINE et SCHIRAY avaient consacré à cette question, ainsi que des nombreuses discussions qu'ils ont soulevés (1). La huitième année de l'existence de votre Société, la présence en notre ville d'un magnétiseur qui opérait en public, ranimait cette question, et plusieurs Mémoires, traitant de la réalité des phénomènes magnétiques, vous furent soumis (2). L'année suivante, M. MAIRE vous exposait une théorie sur le même sujet (3); puis enfin, en 1847, M. MAIRE vous a donné un savant mémoire intitulé *De l'incrédulité en matière de magnétisme animal et des organes affectés par le fluide magnétique* (4) qui semble avoir

---

(1) *Résumé analytique des travaux de la 2e année*, par M. Maire St-Pierre. Voy. p. 10 et suiv.

(2) *Résumé analytique de la 8e année 1841*, par M. Ed. Paray. Voy. p. 8 et suiv.

(3) *Résumé analytique de la 9e et de la 10e année*, par M. Ed. Paray. Voy. p. 26 et suiv.

(4) *Résumé de la 13e et de la 14e année*, par M. Ed. Paray. Voy. p. 10. Ce travail est imprimé à ... Besançon.

clos pour bien longtemps les discussions de cette nature parmi
vous. L'année dernière, seulement, la question fut agitée de nouveau, et M. Maire vous fit de curieuses communications qu'a
enregistrées votre rapporteur. Je suis heureux, Messieurs, d'a-
voir à vous rappeler encore cette année quelques discussions sur
ce sujet, auxquelles deux séances ont été presque entièrement
consacrées.

Chose curieuse ! Depuis bientôt un siècle que le magnétisme
animal a pris une grande place dans les discussions et les *desi-
rata* de la science, il n'a été fait aucun progrès dans son étude,
et ses partisans ont encore aujourd'hui à lutter contre l'in-
croyance d'un grand nombre. Le mémoire de votre collègue, publié aujourd'hui, aurait autant d'à-propos qu'en 1846.

Les communications de M. Marie et les différentes réponses
de MM. Caumont, Derome, Maire, Millet-St-Pierre, en sont
la meilleure preuve. Les faits ne peuvent même pas être établis
sans conteste, et l'emploi de tous nos sens ne suffit pas pour les
constater. Encore que M. Marie ne partage nullement cette
opinion à laquelle il est même complètement opposé, il n'en est
pas moins obligé de reconnaitre et de reprocher à ceux qui étu-
dient ces sciences occultes d'employer une méthode d'observation qui n'est plus convenable pour cet ordre de faits. (1) Pour lui

____

(1) Le devoir de la science est de tenir compte de tout, des phénomènes
complexes comme des phénomènes simples ; de ceux qui se produisent dans certaines circonstances spéciales comme de ceux qui se produisent dans les circonstances ordinaires. Il est un passage profondément juste de ses *Essais* (liv. I. ch. xxvi) où notre Montaigne dit que
condamner comme impossibles des choses peu vraisemblables, témoi-
gnées par des gens dignes de foi, c'est se faire fort par une téméraire
présomption de savoir jusqu'où va la possibilité.

Deux principes sont mis en présence : *Un fait quelconque est possible
puisqu'il est : Un fait n'est pas parce qu'il ne se peut : Jusqu'au seizième
siècle* environ, le premier était mis en pratique ; depuis c'est le second

c'est transporter les lois du monde ordinaire à un ordre de choses inconnu.

La séance suivante, vous avez prêté une oreille attentive à une petite note de M. Alb. Terrien Poncel, qui s'efforçait de vous montrer les nombreux points de rapport du magnétisme et du spiritisme, et de conclure de leur identité, du moins dans leurs effets nuisibles, sinon pleine et entière dans leurs manifestations si difficiles à observer d'une manière précise. (1) L'auteur vous remercie de la favorable attention que vous avez prêtée à

---

qui est en faveur. Est-ce bien là un vrai principe philosophique ? Le grand Laplace ne disait-il pas, à propos des phénomènes du magnétisme, qu'il était très peu philosophique d'en nier l'existence parce qu'ils sont inexplicables dans l'état actuel de nos connaissances. (*Calcul des probabilités* p. 328) Arago, lui aussi, à propos des mêmes phénomènes écrivait cette phrase restée célèbre : « Celui qui, en dehors des mathé » matiques pures, prononce le mot impossible manque de prudence. » (*Annuaire de 1853*).

On pourra consulter pour et contre la méthode scientifique actuelle les trois ouvrages suivants qui se complètent réciproquement :

De la Genèse et des principes métaphysiques de la science moderne ou Philosophie des sciences cherchée dans leur histoire, par Frédéric Morin. Paris, Ladrange. in-8o 1856)

Du spiritualisme rationnel, à propos des divers moyens d'arriver à la connaissance, et de ceux qui ont été plus particulièrement employés, par G. H. Love. — (Paris, Didier 1863 in-8o).

De la méthode d'observation dans son application aux sciences morales et politiques, par M. P.-A. Dufau. — (Paris, Renouard, 1866. in-8o).

(1) J'avais essayé de réunir dans cette note les assertions des physiologistes les plus distingués sur l'influence pernicieuse du magnétisme sur la santé et je m'étais efforcé de les compléter en extrayant du Catéchisme des spirites certains principes de morale qui mènent à la corruption immédiate de la société et qui suffiraient, s'ils étaient bien connus, pour proscrire à tout jamais le Spiritisme par tous les moralistes. Voyez quelques-uns de ces principes aux n° 358, 651, 667, 772, 880, 881 du *Livre des Esprits*, par Allan Kardec.

son petit travail, dont les idées, néanmoins, n'ont pu s'attirer la sympathie de la majorité d'entre vous.

Tel est, en effet, cet ordre de choses : qu'il est impossible de constater les faits sans que les témoignages les plus solides ne puissent être invalidés. C'est là surtout que l'on peut faire de violents reproches à la méthode spéculative qui régit les principes de la science actuelle. Mais cette corde est trop sensible, n'y touchons pas.

L'histoire des sciences a ceci de remarquable que nous y trouvons toujours de sévères leçons. Avant qu'une invention puisse tomber dans le domaine public, être mise à la portée de tous, elle doit passer par une longue période d'enfantement et presque toujours être faite plusieurs fois avant d'être considérée comme définitivement acquise à la science pratique. C'est qu'il faut un concours de circonstances pour lui permettre de prendre vie : tantôt elle n'est pas en harmonie avec les idées du temps, elle n'est pas comprise; tantôt, au contraire, elle est étouffée dès son apparition par des jaloux et des contradicteurs. Ceux qui en ont premièrement connaissance ne sont pas aptes à la recevoir, et ceci semblerait justifier cet étrange paradoxe de l'historien anglais Hume, que les inventions n'ont jamais été bien accueillies par des hommes ayant dépassé quarante ans, tandis que ce sont au contraire des hommes dont l'âge était inférieur à cette limite qui les ont toujours patronnées. Pour revenir aux causes sérieuses, mentionnons surtout que la méthode alors de mode dans la science s'oppose à l'adoption de l'invention parce que celle-ci est contraire aux idées reçues. Nous en verrons tout-à-l'heure un exemple frappant dans l'histoire des bateaux à vapeur. Commençons à présent par l'histoire du télégraphe électrique, dont un de vos membres correspondants, M. MAURIN comte NAHUYS, a cité une invention curieuse dès le XVIme siècle et dont l'insuccès doit probablement être

attribué à un manque d'harmonie avec le caractère de son époque. (1) Cette communication est l'objet d'une petite note ma-
nuscrite intitulée *Télégraphe magnétique au xvie siècle*, qu'il
vous a adressée.

Il a trouvé dans un livre fort curieux, de J. Fréd. Helvetius,
la mention d'un procédé de communication à distance, au moyen
de boussoles à aiguille aimantée, décrit par J. H. de Sunde
dans sa *Sténographia aucta*. Helvétius, dans son ouvrage publié en 1663, parlait de cet auteur comme écrivant cent quarante
années avant lui, soit dans la première moitié du xvie siècle.

M. Marin Nauys nous donne le passage textuel qui a trait
à cette invention, regrettant, malgré ses recherches, de n'avoir
pu trouver l'ouvrage de De Sunde.

J'ajouterai que, bien que cette description soit assez vague,
comme toutes celles qui traitent un pareil sujet à cette époque,
on ne peut douter que, dès le xvie siècle, le télégraphe magnétique ne fût inventé et connu, à en juger par le nombre d'auteurs qui en parlent. Dans son curieux ouvrage *Le Vieux-Neuf*,
(2) M. Edouard Fournier a réuni (3) un certain nombre de citations d'auteurs du commencement du xvie siècle conséquemment
antérieurs à Helvétius, traitant de la télégraphie magnétique, et
il donne une définition extraite du P. Leurechon, presque identi-
que à celle que vous a citée votre savant correspondant. C'est à

---

1 Tel aussi est le cas pour les inventions dont nous parlent Schwenter,
J. B. Porta, Strada, Kepler, Argolus de Padoue, Soucin de Rennefort, —
P. Kircher, etc.

« Les inventions trop au-dessus de leur époque restent inutiles jusqu'au
moment où le niveau des connaissances générales est parvenu à les
atteindre. » Napoléon III.)

(2) *Le Vieux-Neuf. Histoire ancienne des inventions et Découvertes
modernes*. — Paris, Dentu, 1859, 2 vol. in. 12.

(3) T. 1. p. 188-201.

regret que j'abandonne ce sujet si curieux, mais la crainte de dépasser mes limites me force à aborder un autre point. La publication de la petite note de M. MAURIN NAHUYS facilitera certainement les recherches plus étendues que l'on voudrait entreprendre sur les origines de la télégraphie.

Parlons maintenant des bateaux à vapeur.

Plusieurs de vos collègues vous ont fait part de leurs souvenirs, du reste fort curieux, sur le premier bateau à vapeur qui ait fait son apparition dans notre ville. Ainsi, M. DOUSSEAU vous a dit qu'en parcourant les pages de ses notes personnelles, il a trouvé, en 1816. la mention du passage au Havre d'un petit bateau à vapeur qui en allant de Londres à Rouen, s'arrêta dans notre port assez de temps pour que votre collègue pût le visiter. M. MAIRE le vit également, et il se souvient de l'émotion que produisit son apparition au Havre. En voyant la colonne de fumée qui s'échappait de sa cheminée on crut à un incendie, et la foule compacte qui encombrait la jetée préparait les moyens de venir au secours du navire en feu.

Telles étaient ces communications. Je vais essayer de les compléter, grâce à quelques recherches que j'ai faites a ce sujet et qui me permettront, je l'espère, d'y ajouter quelques détails intéressants.

Le 9 mars 1816 sortait de Londres pour aller à Paris le premier bateau à vapeur qui vint d'Angleterre en France. Ce petit bâtiment, qui avait changé son nom anglais de *Margery* pour celui d'*Elise*, puisqu'il avait été acheté par des Français, était de dimensions fort restreintes. Le *Moniteur Universel* du 25 mars de cette même année nous dit qu'il avait de 48 à 50 pieds de long sur environ 16 pieds dans sa plus grande largeur, que les tuyaux du fourneau et de la chaudière s'élevaient au centre, à la place du grand mât, à une hauteur d'en-

viron 18 pieds au-dessus du pont et qu'ils s'abaissaient à volonté pour faciliter le passage des voûtes. Ce journal nous dit
aussi que « la vapeur donne, par des moyens inconnus, le mouvement à deux roues placées sur les flancs du bateau, qui le
forcent à remonter, et que sa quille, qui est très aplatie, lui
facilite la navigation dans une eau très peu profonde. »

Ce n'est pas sans de nombreuses entraves que l'*Elise* put
atteindre la France. Dans la Tamise, un navire anglais, jaloux
de voir un des rares bateaux à vapeur arborer le pavillon
blanc français, fit de vains efforts pour l'aborder. Grâce au
sang-froid de son capitaine qui força de vitesse, il put y échapper.
Après avoir été en proie aux embûches des hommes il fut exposé à la fureur des flots. La violence du vent et l'agitation de
la mer le forcèrent à s'arrêter d'abord à Dungerness, puis à
New-Haven pour réparer quatre des palettes en fer de ses roues.
Le 17 mars il quitta New-Haven pour le Havre, mais le temps
devint si affreux que l'équipage voulut forcer le capitaine Andriel à retourner en Angleterre. Il tint bon quand même, et
le lendemain, à six heures du matin, il arriva en rade du
Havre, après une traversée de dix-sept heures. Le capitaine
adressa immédiatement son rapport à l'administration de la
marine qui le fit publier dans le *Moniteur* du 21 mars. Le
puissant *Journal du Havre*, qui avait alors les modestes proportions d'un in-8° et s'appelait *Feuille d'Annonces Judiciai-
res, Commerciales et Maritimes du Havre*, se contenta d'an-
noncer son arrivée par un simple entre-filet de trois lignes.

Le 20, l'*Elise* quitta notre port pour se rendre à Paris, et
son arrivée fut annoncée assez à l'avance pour que plusieurs
officiers russes pussent venir jusqu'à Rouen pour s'y embar-
quer. Le bateau était forcé de s'arrêter souvent, d'abord pour
le passage des ponts, puis parce que les pilotes refusaient de
le conduire la nuit, ce qui retarda son arrivée à Paris de qua-

rante-huit heures. Comme il était chauffé au bois, de nombreuses flammèches s'échappaient de sa cheminée, et pendant la
nuit la lueur sinistre qu'elles projetaient dans les campagnes
ameutait les paysans qui suivaient le bateau en poussant de
grands cris.

Le 29 l'*Elise* saluait enfin Paris de ses deux pierriers, et en
présence d'une foule assez nombreuse, avec une vitesse de
2,500 toises par heure et 24 minutes, venait prendre place au
quai Voltaire. Il y resta jusqu'au 8 avril où il fit quelques
expériences, et enfin, le 10, il quittait Paris pour revenir à
Rouen avec un certain nombre de passagers.

Le voyage se fit cette fois assez promptement, et 24 à 25
heures de marche suffirent pour arriver au chef-lieu de notre
département. Le *Journal de Rouen* du temps reproduisait un
on dit d'après lequel l'*Elise*, suivant les demandes des habi-
tants des rives de la Seine, devait faire l'intercourse de Rouen
à Elbeuf. Cela ne réussit point. La compagnie qui avait acheté
ce bateau pour la navigation intérieure, en concurrence aux in-
dustriels français, perdit assez d'argent pour être forcée de
renvoyer en Angleterre le bateau l'*Elise* qui redevint Anglais.

Telle est l'odyssée de ce petit bateau à vapeur.

Un extrait d'un journal anglais, que cite le *Moniteur* du
21 avril 1816, s'étonne que les Parisiens n'aient point paru
émerveillés du bateau à vapeur que leurs journalistes laissaient
sans éloge, mais il annonçait la formation d'une compagnie
pour l'établissement d'une ligne de bateaux à vapeur de Paris
à Londres. Il n'en fut rien avant de longues années, mais cela
prouve que l'on voyait parfaitement quelle était la révolution
causée par cette invention dans l'art naval. Le rapport du
capitaine Andriel, (1) les articles des journaux sont pleins de

-----

(1) M. Andriel existe encore et aime à rappeler à ses amis les détails

considération sur ce sujet. Il n'est pas étonnant que les Parisiens aient montré peu d'enthousiasme à la vue de ce pyroscaphe : bien que leur qualité de Français, disons-le bien bas, suffit à expliquer leur indifférence pour les nouvelles inventions, il est un autre motif fort important que le journal anglais paraît oublier avec plaisir : c'est qu'ils n'étaient pas novices sur la vapeur appliquée à la navigation.

De nombreuses expériences couronnées de succès avaient eu lieu en France depuis 1773. Il en avait été presque toujours question, mais l'insuccès de quelques-unes, et surtout l'indifférence publique empêchèrent l'invention de prendre son essor.

On sait qu'en 1776, sans compter tous les essais qui avaient précédé, le marquis de Jouffroy, qui est le véritable inventeur sérieux des bateaux à vapeur, se liait avec Périer et fit naviguer sur le Doubs, un bateau à vapeur de 40 pieds de long sur 6 de large. Cette découverte ne fut considérée que comme un objet de raillerie, et le surnom de *Jouffroy la Pompe* fut donné à son inventeur. Cependant il continua ses expériences et, loin de se décourager, il substitua à sa machine intermittente une machine à mouvement continu, et en juillet 1783 il fit manœuvrer un pyroscaphe de 140 pieds de long sur 26 de large, qui remonta la Saône, de Lyon à l'Ile-Barbe. Sollicitée vainement,

----

de cette première navigation à vapeur d'Angleterre en France. La fortune ne lui a pas plus prodigué ses faveurs qu'aux inventeurs dont il démontrait pratiquement en 1816 l'excellence des idées ; mais il s'en console aisément comme tous les grands cœurs, et ses 80 ans n'ont pas amorti l'activité de son esprit. Il suit avec un intérêt tout particulier, dans sa modeste retraite à Bordeaux, les développements magnifiques qu'ont pris, de notre temps, les entreprises dont il a été l'un des premiers promoteurs. Nous sommes heureux, grâce à l'amitié de notre collègue le savant Dr E. Berchon qui nous a communiqué ces détails, de pouvoir rappeler ici une existence autour de laquelle l'oubli s'est peut-être déjà fait. C'est une de ces dettes de reconnaissance contractées par la science qu'il doivent aimer à payer les esprits généreux.

l'Académie des Sciences, grâce à Périer, un des membres de ce corps, devenu le rival de Jouffroy, n'envoya personne pour assister à l'expérience, et l'inventeur ne put obtenir le privilège de l'invention. Tel fut toujours le sort des inventeurs dans notre pays. N'avons-nous pas vu D. Papin, quoique membre correspondant de l'Académie des Sciences, auquel appartenait l'idée première de la machine à vapeur appliquée à la navigation, et dont il fit des essais couronnés de succès en 1707, à Cassel, mourir oublié à l'étranger, après s'être exilé avec son invention, faute d'encouragements dans sa patrie ?

Ne soyons donc pas étonnés que tout l'honneur de la découverte de Jouffroy ait passé à l'américain Fulton. La France semble avoir peu de soucis de ses enfants et laisse toujours la première place aux étrangers. N'oublions pas, cependant, l'échec de Fulton à Paris. C'est en présence de savants délégués officiellement, dans la capitale du monde civilisé, le 9 août 1803, que se firent des expériences qui eurent quelques succès. Fulton fit manœuvrer un bateau à vapeur à aubes qui marcha contre le courant avec une vitesse de six kilomètres environ par heure. On pourrait croire que devant un pareil résultat, constaté par une foule immense, l'invention ainsi mise à l'épreuve a valu à son auteur les subsides qu'il demandait pour l'appliquer sur une grande échelle et la mettre au service de tous, ou, sinon un résultat aussi éclatant, tout au moins la reconnaissance pure et simple de sa réalité ? Point du tout, Fulton fut accusé de stratagèmes, et les académiciens déclarèrent que son invention n'était qu'une chimère, une impossibilité. Ils la traitèrent *d'idée folle, d'erreur grossière, d'absurdité !*

La science officielle n'était pas novice en pareilles réceptions et elle en conserva longtemps l'usage. Il suffit ici de rappeler qu'à une époque plus récente il en fut de même de l'invention de la machine locomotive sur laquelle un savant académicien, que nous ne voulons pas nommer par respect pour sa mémoire, déchargea à bout portant un gros *factum* bourré d'*x* et d'*y*, dans lequel il prouvait *que les roües de cette machine tourneraient sur place sans faire un pas en avant.*

Un pareil aveuglement, non seulement de la foule, mais encore de la part du premier corps savant du monde peut-être, de France en tous cas, attriste profondément ; et malgré soi on se demande quelle peut en être la cause. La cause est toute trouvée, Messieurs, la coupable est là devant vos yeux ; c'est la méthode spéculative. Comme une sirène pleine d'appâts, la spéculation mathématique attire les savants qui échappent rarement à ses embûches ; elle laisse exister une disproportion immense entre la réalité et les faits qu'elle calcule, qu'elle croit apercevoir. « La prétention de cette méthode en général, dit l'auteur du » *Spiritualisme rationel*, (1) c'est de vouloir fixer en toutes » choses la limite du progrès et le sens dans lequel il doit s'ef- » fectuer. Elle s'applique à tout ce qui est de l'ordre physique » ou moral ; elle veut donner à tout une *forme déterminée* qui » étant pour elle l'expression de la vérité théorique immuable, » doit être éternelle. » Il est évident que la cause d'erreur n'existe pas dans la science elle-même ; en soi la méthode spéculative n'engendre pas d'erreurs. Il faut tenir compte de cette observation principale, sans laquelle ce qui précède serait entaché de faute : que c'est dans l'emploi de la méthode que se trouve cette cause ; les conditions d'un problème sont si nombreuses et si complexes que l'on arrive rarement à les analyser toutes et à en tenir compte ; de là cette disproportion des calculs et des faits.

Nous ne nous laisserons pas entraîner davantage en récriminations contre l'académie des sciences en particulier, et contre toutes les académies et sociétés savantes en général. N'oublions

____

(1) O. C. p. 21. [illegible]

pas tout ce que nous leur devons. Si elles ont souvent joué le rôle d'écran devant les lumieres nouvelles, nous pouvons espérer que les sévères leçons qu'elles ont reçues les forceront à tenir compte davantage des travaux se rapportant à des faits sortant du cercle habituel qu'elles ont assigné à leur science.

Pourquoi aussi toujours manquer de confiance dans les nouvelles inventions et leur témoigner une si grande indifférence ? Rappelons-nous encore que le 20 mars 1816, pendant que l'*Elise* entrait à Paris, le marquis de Jouffroy lançait un nouveau bateau à vapeur, le *Charles-Philippe*, pour lequel il avait enfin trouvé des fonds. Mais de même que la compagnie qui avait acheté le bateau anglais pour lui faire concurrence sur les fleuves et canaux de notre pays, la compagnie que Jouffroy avait formée à ce sujet ne prospéra pas, et le grand inventeur mourut victime de ses idées, en 1832, à l'hôtel des Invalides de Paris. Que l'on médite cette mort, elle est plus éloquente que maint discours !

En voyant combien est laborieux l'enfantement des nouvelles découvertes, de même que les premières années de leur existence, ces idées se sont présentées à vous, j'en suis sûr. Je n'ai donc fait que les traduire.

Mon prédécesseur m'a laissé le soin de vous parler du mémoire de M. HERVAL sur l'astronomie. Ayant été publié dans le volume précédent (1) il offre pour mon travail un moindre intérêt. Je me borne donc à vous rappeler qu'après quelques considérations sur l'ensemble du ciel, l'auteur vous explique l'idée mère de son travail. Ce n'est pas une étude astronomique complète, mais simplement une synthèse rapide : il expose, en quelques mots, ce que nous savons des *Etoiles*, puis des *Cons-*

1 *Recueil de la 50e année*, p. 75 à 160.

tellations. Vient ensuite l'étude des *Planètes,* et avant d'arriver à la *Terre* il examine l'instrument qui nous fait connaître
tous ces mondes : le *Télescope.* Après l'étude de notre globe
vient celle du *Soleil,* de la *Lune,* du *Calendrier,* des *Lois de
Képler,* du *Zodiaque,* des *Comètes,* puis il termine par la
Pluralité des mondes, grosse question à l'ordre du jour depuis
quelque temps et qui reçoit une solution affirmative par l'analo-
gie.

Comme vous le voyez, Messieurs, M. l'abbé HERVAL a réussi
à retracer en quelques pages ce qu'il importe le plus de connaître en astronomie. On doit le féliciter de ce succès de concision.

Votre savant et laborieux collègue, M. Aldrick CAUMONT,
vous a soumis un travail utilitaire, comme le sont presque
tous ses travaux, sur une question pour laquelle il a une com-
pétence toute spéciale. Je veux parler du *Traité sur l'Abordage,* que vous avez publié dans votre dernier recueil (2).

L'auteur vous entretient, dans l'introduction qu'il vous a lue
du nombre excessif des naufrages. En 1856 seulement, il a
été de 296 sur les côtes de la Grande-Bretagne et de l'Irlande,
et suivant des documents anglais, en l'espace de onze années,
de 1845 à 1856, six mille neuf cent huit naufrages se sont pro-
duits. Des nombres aussi considérables parlent assez éloquem-
ment en faveur de l'utilité pour les gens de mer, les magistrats
consulaires et le barreau, d'un compendium de la législation,
de la doctrine et de la jurisprudence sur ces matières. C'est
cet immense travail que votre collègue a heureusement accom-
pli. Afin qu'il puisse être facilement consulté, l'auteur l'a fait
précéder d'un vaste sommaire alphabétique, méthodique et
raisonné, véritable tableau synoptique de la matière. Permet-

---

1) Revue de la 30e année, p. 125 à 243

tez-moi de citer textuellement le passage de l'introduction qui s'y rapporte : « Cette table permet d'embrasser d'un seul coup-d'œil tout l'ouvrage dans son ensemble. Elle rend les recher- » ches d'autant plus promptes et plus faciles qu'elle renvoie à » une série numérique enchaînant tout l'ouvrage. Les personnes » qui apprécient à sa juste valeur le précieux emploi du temps » se prononceront sur l'utilité de pareils instruments de tra- » vail. »

Votre rapporteur a reproduit ce passage d'autant plus volontiers qu'il s'associe pleinement aux idées qui s'y trouvent exprimées, et que s'il avait voulu rendre sa pensée à ce sujet, il n'aurait pu mieux faire.

Cet immense travail est divisé en douze parties dans chacune desquelles l'auteur élucide une des faces de la question des abordages. Chaque solution adoptée par l'auteur est appuyée des jugements rendus dans un sens favorable ou défavorable par les différents tribunaux maritimes de quelque importance qui ont mission à cet effet. Ainsi ce travail permet de se rendre compte, d'un coup-d'œil, des probabilités de succès dans toutes les affaires litigieuses que peut faire naitre l'abordage.

C'est avec le même désir d'être utile à tous que vous vous êtes occupés d'Agriculture. Encore que cette science naturelle compte dans notre arrondissement un *Comité* qui s'occupe spécialement de la vulgariser et qui le fait avec succès sous la présidence de M. DELALONDE DE THIL, ainsi qu'un *Cercle d'horticulture pratique* auquel M. le Dr Lefébure donne une constante et active impulsion ; les études tendant à améliorer les cultures et à perfectionner les instruments aratoires ont un attrait trop puissant pour ne pas avoir été abordées parmi vous.

C'est ainsi que cette année vous avez été heureux de pouvoir applaudir un nouveau travail de M. GRANSON sur l'agriculture.

C'est pour la quatrième fois que votre savant collègue examine devant vous les progrès annuels de cette science dans les divers départements du nord qui sont, en effet, le plus avancés sous ce rapport. Au commencement de ce travail, l'auteur constate avec plaisir le nouvel élan qui semble être donné partout à l'agriculture. Dans un grand nombre d'écoles élémentaires on reçoit maintenant les premières notions de l'art de cultiver la terre, et ces connaissances étant vulgarisées contrebalanceront heureusement ce désir d'émigration dont sont possédés les gens de campagne qui, méconnaissant le bonheur tranquille et le travail régulier des champs, viennent dans les villes, le plus souvent pour y souffrir les tortures de la misère. Je ne m'étendrai pas sur les autres parties de ce savant travail, me contentant de vous rappeler que l'auteur a groupé ses recherches en quatre sections : 1º instruments aratoires ; 2º animaux domestiques ; 3º engrais ; 4º objets divers.

Comme se rattachant intimement aux sciences agricoles, permettez-moi de mentionner un rapport écrit, concernant un ouvrage de M. Guillory, sur *Le marquis de Turbilly, agronome angevin du* XVIIIᵉ *siècle*. Le rapporteur saisit cette occasion pour vous remercier publiquement du bienveillant accueil que vous avez fait à son court travail.

M. LAHURE, l'habile inventeur d'un système de bateau de sauvetage, et l'auteur de plusieurs études d'hydrostatique que vous avez été heureux de pouvoir accueillir avec faveur dans vos publications, s'est justement préoccupé cette année d'une *Combinaison destinée à préserver la vie de ceux qui montent des bateaux non pontés, et spécialement celle des marins qui montent des bateaux qu'on désigne au Havre sous le nom de Picoteux.*

Il paraît en avoir trouvé une qui remplit les conditions de son mandat et qu'il vous a soumise dans la séance du 23 septembre.

Le nombre considérable de sinistres que nous fournissent ces sortes de bateaux, dont la quantité est si multipliée dans notre port, et l'utilité toute pratique et éminemment philantropique de l'invention de votre collègue, m'obligent à consacrer quelques instants à son exposition. Voyons d'abord dans quelles conditions sont les bateaux ou picoteux incriminés.

Pour les mettre en état de porter la surface exagérée de voilure dont ils sont munis, on est obligé de les surcharger de lest. Or plus il y a de lest, plus grande est la promptitude avec laquelle le bateau s'engouffre dès que l'eau vient à envahir son coffre ouvert. En outre, de mauvaises formes occasionnent des inconvénients analogues à ceux qui résultent d'un accroissement du lest. En examinant la manière de naviguer de ces bateaux, on s'aperçoit bien facilement de ce grave inconvénient. En effet, la plupart des patrons tiennent à ce que, dans la partie d'arrière, la presque totalité de ce qui se trouve immergé soit d'une acuité si grande que le bateau ne commence à se trouver supporté par cette partie de sa coque qu'à une distance assez éloignée de l'étambot ; d'où il résulte qu'un coup de mer qui frappe par derrière ne commence à faire lever le bateau que lorsqu'il a atteint déjà une certaine hauteur au-dessus de la ligne de flottaison.

Tels sont les inconvénients qu'il s'agit d'éviter. Il suffit pour cela, et en même temps pour rendre les accidents moins fréquents, de remplacer les pierres et le fer, lest ordinaire de ces bateaux, par une masse de mastic, de ciment ou de résine, par exemple celle qu'on extrait du charbon de terre, qui a une densité de 1,37 et dont le prix ne dépasse pas 36 à 40 fr. les cent kilos. On rend cette masse moins dense que l'eau en introduisant dans sa partie supérieure un volume de bois léger, ou de toute autre substance d'une densité très réduite, ou enfin des coffres, soit en métal, soit en bois, des espèces de barriques ne contenant que de l'air atmosphérique, de manière à donner à la masse moins de densité dans ses hauts qu'à sa partie inférieure.

Ce système a de nombreux avantages qui n'échapperont à aucun de ceux qui en prendront connaissance.

On peut obtenir le même poids de lest qu'avec l'ancien système, moyennant un certain accroissement de volume : seulement quand le bateau s'emplit, il ne laisse pas entrer l'eau dans ses interstices comme le fait le lest de pierre ou de fer. puis cette masse, en vertu même de sa disposition, tendra toujours à se replacer le tillac en dessus, et par conséquent à faire relever le bateau s'il vient à chavirer. Puis le lest étant établi, il ne peut se porter d'un seul côté à la moindre impulsion et augmenter ainsi la bande du bateau jusqu'à le faire chavirer. Ce mémoire sera examiné devant vous par un homme compétent, M. RISPAL, que vous avez chargé de vous faire un rapport sur cette invention.

Peut-être pourriez vous désirer que ceux d'entre vous, Messieurs, qui ont leur spécialité scientifique, vous communiquent plus souvent les découvertes qui se font presque chaque jour dans le domaine de la science qu'ils ont adoptée. C'est en ce sens que nous applaudissons votre secrétaire général, M. RISPAL, qui, dans la séance, du 9 septembre, vous a entretenu des expériences remarquables d'éclairage par le magnésium, expériences qui étaient alors toutes récentes.

J'ai à traiter maintenant un des faits les plus importants de l'année, et qui a donné lieu à deux mémoires. l'un de M. LECADRE, paru dans le volume précédent (1), et l'autre fait à son occasion par **M. Derome**, et qui est imprimé dans le **présent** Recueil.

Sa nature toute spéciale et les conséquences qui doivent résulter de la solution de la question exigent une attention toute particulière à son examen, aussi suis-je heureux d'être obligé de m'étendre un peu longuement sur ce sujet. Les discussions qui ont eu lieu ces derniers temps à l'Académie de médecine, en présentant de nouveau le problème à l'attention publique, donnent une sorte de caractère d'actualité à cette partie de mon travail, et je vais m'efforcer de vous tracer exactement la question telle qu'elle a été traitée devant vous, en la complétant par ces derniers travaux.

M. Lecadre avait observé, au commencement de l'année 1864, un cas curieux dans la nosologie, et qui a nom *Aphasie*. C'est la perte de la parole pendant un temps donné. Le cas de mutité spontanée observé par notre savant et judicieux collègue est excessivement remarquable. Après avoir porté un poids assez lourd et éprouvé une vive contrariété, le nommé M..... fut subitement privé de la parole, mais en conservant toute son intelligence ; il put employer les autres langages, et sa mémoire demeura intacte. Après être resté quelques heures en cet état, l'articulation des sons lui revint, mais avec hésitation, puis enfin il recouvra complètement la parole. Quinze jours après, nouvel accès qui se dissipa plus facilement que la première fois.

En présence d'un accident si extraordinaire, M. Lecadre s'est livré à quelques recherches sur la nature même de la maladie telle qu'elle a été décrite par M. Trousseau ; toutefois après avoir cité plusieurs cas de privation de la parole, observés par les anciens, et constaté l'apparition de l'aphasie avec les hémiphlégies commençantes. M. Trousseau (1) voyait deux

____

(1) Voy. *Journal de Médecine et de Chirurgie pratiques*. — Mars 1864. — p. 70. Leçon faite par M. Trousseau sur l'aphasie et citée par M. Lecadre.

grandes catégories d'aphasies exemptes de toute lésion apparente
du côté de l'encéphale ; puis aphasies (passagères ou persistan-
tes) causées par la paralysie, suite d'une affection cérébrale.
Dans la première catégorie, c'est-à-dire de ceux qui ont conservé complètement les fonctions intellectuelles, il fait deux
classes : celle des sujets qui ont conservé leur intelligence,
mais qui n'ont perdu que l'usage de la parole ; puis cette autre classe d'individus beaucoup plus nombreux qui en même
temps que la parole ont perdu la faculté d'écrire, qui n'ont
plus ni langage, ni mémoire, ni pensée.

Après avoir reproduit ces catégories, M. LECADRE cite M.
Bouillaud qui, depuis quarante années a localisé le langage
articulé dans les lobes antérieurs du cerveau, puis enfin M. Paul
Broca qui, après avoir vivement lutté contre ce système, en
est devenu un chaud partisan et a pu, par de nombreuses observations, indiquer les deux tiers postérieurs de la troisième
circonvolution frontale gauche comme le siège de la fonction
du langage articulé. Ce savant professeur affirmait, en même
temps, que la lésion spontanée ou traumatique de la circonvolution frontale, serait suivie d'aphasie, et quelques observations
citées par M. LECADRE, sont en effet d'accord avec cette affir-
mation.

Reprenant son observation, notre savant collègue examine
dans quelle catégorie elle doit être placée, et n'hésite pas à la
classer dans la première, bien que les seules observations de
M. Trousseau qui s'en rapprochent, en soient quelque peu différentes. Le seul mot de névrose des organes de la voix peut
lui convenir. M. LECADRE entre alors dans quelques détails, par
rapport à la thérapeutique de cette affection, détails trop ardus
et trop spéciaux, pour que j'essaie même de vous en donner
une idée.

M. DUROME qui fut chargé par vous de présenter un rapport
sur ce travail, vous a donné un véritable mémoire sur cette

question qu'il examine sous toutes ses faces. Des recherches consciencieuses complétaient savamment l'étude du point abordé par M. Lecadre.

Après avoir constaté cette circonstance étrange qui se présente chaque fois qu'une maladie nouvelle est introduite dans le domaine de la science, savoir les nombreuses observations qui viennent aussitôt à l'appui de celle qui a soulevé la question en premier lieu, et fait remarquer qu'il en fut de même pour l'aphasie, lorsque M. Broca souleva le problème, (1) le premier soin de notre savant confrère est d'examiner avec attention l'observation de M. Lecadre. De même que son auteur, il la classe près des trois cas rapportés par M. Trousseau, dont il cite la définition de l'aphasie : « oubli durable ou momentané des signes propres à formuler la pensée et dont le siège est dans le cerveau. » Cette définition est entachée d'insuffisance, ainsi que nous le verrons plus loin.

M. Derome donne le détail des trois cas de M. Trousseau, dans lesquels l'aphasie est instantanée et les malades ont conservé l'usage des signes conventionnels. Chacune de ces trois affections, pouvant être rapportée à une cause non pas efficiente mais occasionnelle, M. Derome regrette que dans l'observation de M. Lecadre on ne puisse saisir quelques traces d'une semblable cause. Une simple congestion, un flux de sang au cerveau suffit pour déterminer une aphasie, ce qui conduit l'auteur à demander si le cas observé par M. Lecadre ne serait pas uniquement

---

(1) Dès le mois d'avril 1863, M. Paul Broca avait communiqué à la *Société d'Anthropologie* un certain nombre d'observations d'aphasie dans lesquels la lésion était située à gauche, mais sans tirer alors aucune conclusion. Voy. les *Bulletins* de cette Société t. IV, p. 202 — Il paraît même que la priorité dans les déductions à faire de ces observations appartient à M. Paul Broca qui n'avait eu aucune connaissance du mémoire de M. Dax père (1836). (Voy. *Bulletins* t. VI, p. 379, 380).

un cas d'aphasie simple due à un état matériel quelconque des organes de la phonation.

Sans appuyer sur ce point, mais en constatant que le malade de M. LECADRE avait conservé toute sa lucidité et toute son intelligence, même à un plus haut degré qu'on ne l'observe généralement, notre savant collègue fait remarquer qu'en effet l'aphasie ne porte que sur la partie de l'intelligence qui préside à la vocation, et il attribue à l'oubli l'impossibilité du malade de formuler sa pensée par la parole ou l'écriture. Mais ce n'est pas le cas pour l'observation en question et on est porté à attribuer la maladie à une simple névrose, comme déjà dit.

Il aborde ensuite la question de l'aphasie causée par une lésion cérébrale amenant en même temps dans l'intelligence des désordres qui, durant jusqu'à la mort, ont permis de « préciser avec quelque certitude la partie du cerveau qui est le siège de la faculté de coordination de la parole, dont la lésion entraine cette singulière maladie qui nous occupe. » L'auteur fait remarquer avec justesse qu'une des lois les plus fixes de l'organisme animal, et qui jusqu'à présent n'a pas souffert d'exception, en un mot, la duplicité des organes des fonctions, se trouverait atteinte dans son inviolabilité si l'observation de M. Broca est vérifiée. Ceci n'est pas un suffisant motif pour nier la localisation des fonctions cérébrales, car nous avons vu bien des théories généralement admises et qui paraissaient inébranlables, renversées par les observations plus précises de la science moderne. Des observations nombreuses de cette nature ont montré sa véracité; par contre des observations prouveraient le contraire. Par suite de ces dernières M. Trousseau concluait que l'organe législateur de la parole n'est pas seulement une partie limitée du lobe gauche, mais aussi que la même partie du lobe droit y participe. Cette conclusion est aussi prématurée que la première qui est cependant assise sur des bases assez solides pour que

M. Lecadre, lors de la rédaction de son mémoire, pût facilement s'y rallier.

Tout en conseillant d'attendre des faits plus nombreux pour établir une théorie définitive, notre savant collègue en propose une paraissant non seulement remplir les conditions exigées par les faits connus, mais encore avoir une véritable valeur. Aux spécialistes à juger.

Partant du principe de la duplicité des organes des fonctions, l'auteur prouve, par nos divers sens, qu'un seul des organes agit séparément si son confrère est lésé et dans l'impossibilité de faire son service, toutefois après avoir éprouvé des hésitations dans ses fonctions, jusqu'à sa complète séparation. Il en serait de même pour les organes de la parole. Une lésion modérée de l'un d'eux aura pour résultat de suspendre la fonction par trouble harmonique, de là ces bégaiements, ces hésitations signalées dans les cas autres que les aphasies paralytiques.

Je ne vous entretiendrai pas de la thérapeutique de cette affection, pour laquelle notre collègue entre en discussion avec M. Lecadre, je laisse aux praticiens le soin de recourir au mémoire même.

Tel est le travail de M. Derome ; savamment étudié, il est aisé d'y reconnaître une plume habituée à traiter les questions de cet ordre.

De même que l'auteur signalait les progrès de la science entre l'observation de M. Lecadre et le rapport qu'il en faisait, moi aussi j'ai à vous signaler les récentes discussions que la question de l'aphasie a déterminées à l'académie de médecine, ces derniers temps, et qui me permettront peut-être de tirer de ce long exposé quelques notions exactes pour l'étude de la parole.

On a prononcé une douzaine de discours que l'on peut séparer en nombre égal pour et contre la doctrine de la localisation. Les plus grands noms de la science médicale y ont pris part, et, le dirons-nous, la solution n'est pas entrevue plus clairement qu'au commencement, l'inconnue n'est pas dégagée ainsi que l'espéraient ceux qui ont entamé la discussion. Mais si l'on ne peut saisir, en ce moment, de résultat positif, il est toujours certain que ces discussions, quelque contradictoires qu'elles paraissent, ne laissent pas de jeter un grand jour sur la question; et si la solution n'est pas encore trouvée, il en jaillira quelques étincelles propres à montrer la voie qui doit être suivie pour la découvrir. (1)

Il ne faut pas oublier, ainsi que le rappelait M. Parchappe, que la parole humaine, tout aussi bien que l'intelligence et la volonté, est, dans son essence, un mystère inexplicable, et que

---

1: Une partie des séances du 15 juin et du 6 juillet de la Société d'Anthropologie de Paris a été consacrée à la discussion du problème dont il est ici question. Dans la première, M. P. Broca a exposé nettement ses opinions qui n'ont pas toujours été, a ce qu'il paraît, exactement rendues. Absent pendant quelque temps, ce savant professeur n'a pu se mêler lui-même à un débat où il était personnellement mis en cause. Nous croyons nécessaire de reproduire ses conclusions *Bulletins de la Société d'Anthropologie de Paris* t. VI p. 397. — « En résumé les deux moitiés de l'encéphale étant parfaitement identiques, au point de vue anatomique, ne peuvent avoir des attributions différentes, mais le développement plus précoce de l'hémisphère gauche nous prédispose, dans nos premiers tâtonnements, à exécuter avec cette moitié du cerveau les actes matériels et intellectuels les plus compliqués, parmi lesquels il faut certainement compter l'expression des idées au moyen du langage, et, plus particulièrement, du langage articulé. Loin de moi la pensée de partager l'homme en deux êtres distincts, comme le fit à un autre point de vue, Meinard Simon du Pui, dans sa dissertation intitulée : *De homine dextro et sinistro* Leyde, 1780. L'habitude que nous prenons dès la première enfance de répartir le travail entre nos deux hémisphères, et de demander de préférence les opérations les plus difficiles à notre hémisphère gauche, finit par devenir une seconde nature, mais cette spécialisation des fonctions n'implique pas l'existence d'une disparité anatomique entre ceux qui en sont le siège. »

la science ne peut s'attendre à connaître la dernière raison des choses.

Cette mémorable discussion, à laquelle prirent part MM. Bouillaud, Trousseau, Parchappe, Briquet, Piorry, Velpeau, Baillarger, Bonafont, Guérin, Cerise et plusieurs autres, permet d'affirmer, d'après tous les exemples cités par les orateurs, qu'un grand nombre de faits semblent démontrer que la coïncidence d'une lésion cérébrale avec l'aphasie est plus fréquente dans l'hémisphère gauche que dans l'hémisphère droit, dans les lobes antérieurs que dans les lobes moyens et postérieurs. Cette conclusion peut laisser à désirer comme précision, mais dans l'état actuel des choses il est impossible de se prononcer davantage. Elle est à égale distance des trois systèmes rivaux de MM. Dax, Broca et Bouillaud ; elle est en rapport avec une observation du regretté Gratiolet, qui avait remarqué que les deux hémisphères ne se développent pas d'une manière absolument symétrique et que le développement des plis cérébraux parait se faire plus vite à gauche qu'à droite. (I) M. Baillarger en la citant, la rapproche de ce fait curieux que tous les peuples sont droitiers.

Dans des observations de cette nature, il est un élément propre à jeter de grandes incertitudes sur les solutions, c'est la facilité avec laquelle on confond la cause occasionnelle avec la cause efficiente, la coïncidence avec la causalité. On ne saurait trop attirer l'attention des observateurs sur cette particularité qui a certainement contribué à jeter quelque obscurité sur la discussion récente.

Après avoir occupé l'Académie de Médecine pendant près de trois mois et absorbé la plus grande partie d'une dizaine de

---

(I) Voy. Leuret et Gratiolet. — *Anatomie du système nerveux*, p. 241. Ce fait peut être considéré comme définitivement acquis à la science.

séances, la discussion a été déclarée close. C'est M. Cerise qui
a pris la parole le dernier, et il a examiné succinctement la
nature même de la question engagée; son discours est trop
important et il résume trop bien les conditions futures avec lesquelles devront compter les nouveaux explorateurs pour que je
n'essaie pas de vous en dire quelques mots.

Ce ne sont pas les diverses solutions proposées qui ont attiré
l'attention du savant docteur, c'est la nature même du problème;
c'est une appréciation générale du débat qu'il veut faire, et pour
mieux être à même, il se demande quel est le problème en discussion. Une question semblable, après de si longs débats, peut
paraitre oiseuse, mais il n'en est rien, surtout lorsqu'on voit de
quelle fine analyse l'orateur fait preuve, en faisant ressortir la
double nature de la question, duplicité qui parait avoir échappé
à tous ceux qui l'avaient abordée avant lui.

Il faut savoir s'il s'agit de déterminer le siège anatomique
de la lésion cérébrale dans l'aphasie, ou bien de déterminer,
d'après le siège de la lésion cérébrale dans cette affection, le
siège ou l'organe cérébral de la faculté de langage parlé. Cette
distinction, loin d'être subtile, est d'une excessive importance.

Le premier point, dit M. Cerise, est un problème simple, un
problème anatomo-pathologique. Le second est un problème
compliqué; il suppose le problème anatomo-pathologique résolu,
et, fort de cette solution, il s'élève d'un bond, par une des
inductions les plus aventureuses, assez fréquentes parmi les
esprits dits positifs, à la hauteur d'un des plus graves problèmes psycho-physiologiques.

C'est justement le problème le plus compliqué qu'on a essayé
de résoudre, et comme il ne pourra l'être qu'après le premier,
il suit que toutes les discussions auxquelles on s'est livré, n'ont
pu avoir de résultat immédiat.

Il suffit de parcourir les écrits et les discussions de MM.
Dax, Broca, et Bouillaud pour voir que leur intention n'a pas

été de poser un simple problème anatomo-pathologique. Leur intention n'a point été d'établir une simple loi de coïncidence entre la lésion cérébrale et le symptôme aphasie ; ils ont visé plus haut : ils ont voulu proclamer une doctrine absolue de localisation cérébrale ; il ont voulu affirmer chacun de son côté, la découverte du siège de l'organe cérébral de la parole. (1)

Le premier problème est resté sans solution précise. On ne peut appeler ainsi cette coïncidence générale qu'on a cru aper-

---

(1) Telle qu'elle résulte du plus grand nombre de faits rapportés, l'aphasie pourrait être limitée à trois ordres de faits : 1° oubli du signe avec l'intégrité du souvenir de la chose signifiée ; 2° lésion des liens d'association entre les mots et les idées, avec persistance de la conscience ; 3° abolition de la parole externe volontaire, avec possibilité de la parole externe involontaire ou automatique.

Dans les deux premiers ordres de faits que l'on peut appeler faits d'amnésie et d'ataxie verbales, la lésion de la parole externe volontaire est une conséquence indirecte éloignée. La volonté ne peut commander ni l'articulation des mots oubliés, ni la production logique d'une phrase dont quelques mots sont effacés de la mémoire.

L'aphasie proprement dite consiste plutôt dans le troisième ordre de faits, c'est la paralysie de l'exécution volontaire de la parole externe, avec possibilité de la parole automatique. Cette paralysie seule constitue l'aphasie. La lésion qui la produit peut être limitée dans un point du cerveau, mais elle peut varier, et elle varie en effet ; car il ne s'agit plus de la lésion de l'organe cérébral de la faculté du langage parlé, mais de la lésion de la transmission de l'incitation verbale volontaire, comme l'a appelée M. Baillarger. Or, on ne saurait donner le nom d'organe régulateur, législateur, coordonnateur de la parole, à une série de fibres de transmission, chargés d'irradier le commandement de la volonté, de faire converger le signe ou l'idée signifiée jusqu'à l'appareil de l'exécution verbale externe. Autant vaudrait chercher l'organe de la volonté et de la pensée. Il vaut mieux s'en tenir à celui qui est trouvé et qui s'appelle lobes cérébraux et que l'on pourra appeler psycho cérébral pour exprimer le concours de toutes ses parties dans l'acte de la parole externe ou de la pensée. — Voy. l'article *Aphasie* dans le *Dictionnaire annuel des progrès des sciences et des institutions médicales* pour 1865, par M. Garnier.

cevoir. Suivant M. Cerise, le problème tout entier est insoluble et il expose les raisons de cette insolubilité. Je voudrais pouvoir vous citer en entier la fin du discours, mais pour une question incidente je ne puis m'étendre davantage, et je ne ferai que vous énumérer succinctement les motifs qui nous paraissent fondés et que nous adoptons.

La principale de ces raisons, toujours suivant M. Cerise, consiste en l'abîme infranchissable qui sépare la faculté du langage parlé, c'est-à-dire la faculté même par laquelle l'intelligence humaine se forme, se développe, s'exerce, se manifeste et se propage, de ces quelques mots oubliés, altérés dans leur association, ou impossibles à produire, que l'on observe dans l'aphasie.

Puis, que signifie le mot aphasie ? chacun lui donne une signification différente. Dans les affections diverses, baptisées de ce nom général, ce n'est pas toujours le même organe qui est atteint. Puis enfin une dernière raison qui pour nous est la principale : a-t-on précisé ce qu'est la faculté du langage ? ceux qui se sont lancés dans la discussion n'ont pas pensé qu'il y avait là un problème des plus difficiles. Rappelons-nous, en effet, qu'il est des problèmes nombreux et complexes que notre esprit réunit dans une conception abstraite et unifie en leur donnant un nom général, et qui ne constituent point pour cela une unité organique et concrète. Tels sont les groupes de phénomènes que nous appelons *vie, nutrition, développement, facultés.*

La faculté du langage parlé (1) est l'expression concrète d'un ensemble très considérable de phénomènes psycho-physiologiques. Elle ne peut être assimilée à une opération simple et

---

1 Ainsi que l'a justement fait remarquer M. [illegible], *Bull. Soc. Anthrop.* [illegible] il est plus exact de dire *faculté d'expression* qui comprend la mimique et l'écriture aussi bien que le langage articulé.

élémentaire dont l'organe serait aisé à trouver ; elle ne peut être assimilée qu'à l'intelligence avec laquelle elle se confond.

La crainte de dépasser la limite que peut atteindre la rapporteur dans l'éclaircissement ou le développement d'une question que vous avez agitée, m'oblige à m'arrêter ici. Si l'on nous demandait notre opinion définitive sur cet immense problème, nous ne répondrions qu'une chose : c'est qu'il n'est pas arrivé encore à maturité. Bien que nous soyons persuadé que l'analyse, fût-elle aussi fine et aussi délicate que possible, n'arrivera pas à éclaircir la position de la faculté du langage parlé et à l'isoler des autres facultés de l'âme, parce qu'elle emprunte à chacun de celles-ci ce qui lui est nécessaire pour exister, nous ferons cependant quelques réserves. Lorsqu'on aura accumulé un nombre plus considérable d'observations en se conformant strictement aux conditions exigées pour leur donner quelque valeur, conditions que ces discussions récentes ont mis à jour et qui suffiraient seules pour prouver leur grande utilité, il sera peut-être possible de trouver de nouveaux éléments qui feront ressortir la structure intime de ces problèmes obscurs et permettront d'éclairer les rapports des fonctions avec les organes : rapports que dans l'état actuel de la science nous sommes forcés de laisser à l'inconnu.

C'est en votre nom à tous, Messieurs, que je remercie ceux d'entre vous qui ont fait quelques dons à la Société pendant cette même année. En tête se place toujours votre collègue M. l'abbé Herval, qui a encore enrichi votre bibliothèque de 68 volumes, dont quelques uns, fort curieux, montrent toujours l'amateur à la piste des bonnes choses. Aussi, en deux fois différentes, avez-vous chargé votre président de lui adresser vos remercîments et, dans votre séance officielle du 8 Juillet, lui avez-vous décerné une médaille commémorative qui lui a prouvé de nouveau que vous saviez apprécier ses gracieux envois. M.

Jules Bailliard a participé aussi, dans une certaine mesure, à l'enrichissement de votre bibliothèque. Tandis que M. l'abbé Herval vous offrait un portrait de l'abbé Dicquemare, M. Cheron de Villiers, membre correspondant à Paris, vous adressait un portrait authentique et inédit de Charlotte Corday. Il me faudrait de longues pages pour remercier comme il conviendrait les nombreux donateurs, mais confiant dans l'épigraphe de mon rapport, je me bornerai à vous citer aussi que ce dernier vous envoyait en même temps une de ses œuvres intitulée *Athènes et l'orient grec*; et que MM. Alfred de Martonne, le Docteur Phœbus de Geissen; M. Gomart, de St-Quentin; et M. Corblet, vous ont adressé plusieurs de leurs ouvrages. Qu'ils reçoivent, chacun en particulier, le tribut de remerciements que vous êtes tous heureux de leur adresser.

Je ne saurais terminer ce travail sans examiner un instant le tableau des membres de votre Société, tel qu'il se composait à la fin de l'année. En le comparant à celui de l'année dernière, j'y remarque d'assez grands changements : des noms chers et respectés de tous ont disparu, d'autres les remplacent, et ceux-ci heureusement sont en plus grand nombre.

Ainsi, en suivant l'ordre chronologique, vous avez ouvert vos rangs à M. Alb. Terrien Poncel; M. Bellanger, vice-président de la Société d'Instruction Mutuelle; M. Farvel, docteur médecin; puis enfin à M. Lebesnard, professeur au lycée.

Par contre ont quitté notre ville, MM. le docteur Lesouef, Dubosc Fils, Cassien Frogier, que vous conservez à titre de correspondants. Sur la liste de ces membres il faut adjoindre les noms de MM. Delalonde de Thil, Hégésippe Lasbel, le docteur Demesnil, l'abbé Gomart, l'abbé Lagardi. Ces acquisitions sont de nouvelles preuves de l'importance que prend chaque jour votre société.

D'un autre côté je constate avec peine que la mort a fait quelques ravages dans vos rangs en 1864.

M. BÉZIERS, dans son rapport de l'année dernière, ayant payé un juste tribut de regrets à MM. VIEL et GEVERS, bien qu'ils vous aient été enlevés pendant l'année qui me concerne en ce moment, je ne vous en parlerai pas davantage. Je regrette d'être obligé de prolonger cette parenthèse due à la mort, pour y inscrire encore deux membres correspondants.

Et d'abord M. LALLERSTEDT, député à la diète de Stockholm, que vous avez eu l'honneur d'inscrire sur votre liste en 1857, pendant son séjour dans notre ville. Orateur distingué, il a laissé de nombreux souvenirs et promettait beaucoup à son pays, lorsque la mort l'a enlevé à l'époque de sa pleine maturité. M. LALLERSTEDT est l'auteur d'un ouvrage politique sur la Suède, qui avait été fort remarqué. (1)

Puis M. GALLET, à Rouen, dont le nom se rattache intimement à votre Société depuis les premières années de son existence. Vous permettrez à votre rapporteur, Messieurs, en s'associant aux regrets que cette perte cruelle vous fait témoigner, de vous rappeler, en quelques mots, ce que fut pour vous celui qui en est l'objet.

Dès 1835, vous l'avez admis à titre de collègue, et jusqu'en 1857, époque où il quitta notre ville pour habiter le chef-lieu, il n'a cessé de fournir à votre Société une collaboration aussi active que savante, profonde et utile. Parmi les principaux mémoires qu'il vous a donnés et dont un certain nombre a paru dans vos Recueils dès que vous en avez publié, je remarque, à

---

(1) Je dois ces renseignements à l'obligeance de M. C. G. Broström, consul général de Suède et de Norwège en notre ville, qui m'a prêté cet ouvrage intitulé : *La Scandinavie, ses craintes et ses espérances.* Paris, Dentu, 1856, in-12. Que M. Broström veuille bien recevoir ici tous mes remerciements.

côté de travaux sur la natation, la glu-marine, les bateaux de
sauvetage, les engrais, la loi des sucres, les octrois, le système
métrique appliqué au cubage des marchandises, d'autres études
d'un ordre différent, sur l'usage du tabac, l'influence de la mu-
sique sur la santé des équipages, les mathématiques, puis des
morceaux de l'histoire de sa vie. Vous voyez, Messieurs, combien était vaste le champ qu'avait embrassé M. GALLET et
l'excessive harmonie qui existe entre la série de ses travaux et
l'esprit de votre Société, harmonie qui fait sentir encore davantage la perte que vous avez faite.

Me voilà, je crois, parvenu à la fin de ce rapport ou plutôt de
cette étude, car j'ai essayé de faire une étude de vos travaux.
Ce n'est pas que j'aie épuisé tous les sujets qui ont été abordés
par vous pendant l'année 1861 ; il me faudrait alors doubler les
proportions de ce travail que vous devez déjà trouver trop
long. Les nombreux rapports qui vous ont été adressés par plusieurs de vos collègues, parmi lesquels se distinguent MM. LE-
CADRE et DOUSSEAU, tant par le nombre que par la variété des
différents sujets qu'ils ont traités, suffiraient pour m'occuper
longtemps.

Ce n'est pas sans un certain effroi que j'ai rempli mes fonctions de rapporteur. En effet, afin de remplir dignement cette
mission, il faut avoir une certaine autorité scientifique et une
sorte d'omniscience pour parler avec connaissance de cause de
tant de sujets différents : Or ces deux conditions me manquent
complètement. Ce n'est qu'en comptant sur votre grande indulgence que j'ai pu me résoudre à chercher à atteindre le but
que vous m'aviez fixé. Cette indulgence ne m'a point manqué
et l'attention que vous m'avez accordée jusqu'à présent en est
la plus sûre garantie. Nouveau venu parmi vous, j'en avais
d'autant plus besoin que je n'avais même pas assisté à toutes

les séances dont il me fallait rendre compte. L'année comptait déjà cinq mois lorsque vous me reçûtes ici. Si donc j'ai pu parler à peu près des principaux faits de l'année, c'est grâce à l'excessive lucidité des procès-verbaux. Merci à M. Jules BAIL-LIARD qui les a rédigés.

En me nommant votre rapporteur pour l'année 1864, vous aviez voulu, je pense, m'initier complétement à l'esprit qui vous anime, et ce n'est pas la moindre preuve de la bienveillance que vous m'avez témoignée jusqu'à présent et qui vous donne droit à toute ma gratitude.

Mai 1865.

Havre—Imp. Lepelletier, pl. Louis-Philippe